唐画诗中看

李白、杜甫论画诗散记

王伯敏　著

浙江人民美术出版社

.

序言

　　李白、杜甫是我国历史上的伟大诗人。他们活跃期间，正是我国农业社会的辉煌时代。当时的文学艺术，包括诗歌、绘画、书法、雕塑、音乐、舞蹈，都有极大的发展，位于古代世界文化的前列。"盛唐之画"，在我国绘画史上占着重要的位置。当时，大画家辈出，他们在艺术上的创造，对当时和后世东方各国影响很大；他们的绘画作品，不论是人物、山水、花鸟以至鞍马、台阁、杂画等，都达到了前所未有的水平。李白、杜甫是慧眼识艺的诗星。他们通过论画诗，写下了对这个时代一些画家和作品的精湛评论，以及由看画而引起来的许多联想。这些评论和联想，不但是我国古典文学中的珍贵遗产，也是我国画学史上的重要文献。

　　艺术，离不开社会，离不开时代。在李白、杜甫的论画诗中，同样可以听到他们那个时代的心声。李白在看了当涂赵炎少府那里的山水画和博平王志安少府那里的山水粉图后，所写的"沉吟至此愿挂冠"的诗句，与他在《江上吟》中说的"功名富贵若长此，汉水亦应西北流"一样，透露出他那"世途多翻覆"的生活感受，倾诉了他对人生和社会的看法。在唐代社会里，各种矛盾不可能不直接波涉到像李白那样的文人生活，并影响他们的思想，从而使他们逐渐看到了整个时代没落的趋向。李白的论画诗虽不多，但都体现了这一点。杜甫，也不例外，他曾身居繁华的长安近十年，但生活穷困，遭人白眼。所以在奉先刘少府处观赏新画山水障时，竟从"融心神"中而向往于山林隐逸，继而反顾自身，不禁作感慨之叹，并对自己提出了"吾独胡为在泥滓"的疑问。正因为他有这样的生活经历，所以他比较清醒地看到了所谓"盛世"的混浊，看出了日益加深的社会矛盾。杜甫的其他论画诗如《画鹘行》《天育骠骑歌》等作品，也都是"托物兴辞"，反映出封建统治阶层内部蕴藏着不可解决的矛盾，预示着封建社会将走向下坡。

李、杜的论画诗，只占他们全部诗作的小部分。李白流传下来的一千余首诗中，论画诗只有十八首。杜甫比较多一些，也只近三十首，占他现存全部诗歌的百分之二。不过，就这些论画诗，已足以表达唐代文人对于民族绘画的欣赏和要求。李白在《当涂赵炎少府粉图山水歌》中提到的"驱山走海置眼前"，在题画像中提到的"图真"等，杜甫在《戏题王宰画山水图歌》中说的"咫尺应须论万里"等，都道出了绘画必须"师法造化""妙造自然"，以及绘画如何使笔、布势、遗貌取神等道理。杜甫的"十日画一水，五日画一石"，还透彻地说出了艺术创作必须具有认真严肃的态度。其余在《丹青引》《题壁上韦偃画马歌》等诗中，在题画山水诗中，诗人说的"蓬壶来轩窗，瀛海入几案""白波吹粉壁，青嶂插雕梁""高浪垂翻屋，崩崖欲压床"等，不仅赞许了画家画艺的高明，同时又以浪漫主义的手法，"使笔如画"，把"无声"变为"有声"，给读诗者以美的享受，并使人们加深了对这些绘画作品的理解，进一步了解了诗人对晋、唐许多画家的评价。李、杜的论画诗，还告诉读者，艺术创作离不开想象，而艺术欣赏，也同样有赖于想象。这些想象，都具有它一定的创造性。通过记写画鹰、画鹤，以及画历史故实的作品，还提到了生活与创作、感情与创作等问题。这对了解中国传统绘画和对画学的研究，都具有较大的参考价值。

　　李白和杜甫不仅对绘画，而且对其他艺术，诸如书法、音乐、工艺、舞蹈等等，都具有广泛的兴趣和爱好，以及深湛的见解。他们还直接或间接地从这些姐妹艺术中，深化自己的艺术感受，帮助自己的艺术创作。他们之所以具有识艺的慧眼，正是有多方面的艺术涵养所使然。他们看画、听音乐、观舞剑，不仅仅当作一种美的享受，更是"从多方面吸取时代的阳光、水分以及养料，从而增强自己艺术的生命力"。

在我国历史上，盛唐的诗、盛唐的画、盛唐的书法、盛唐的音乐、盛唐的舞蹈，举世瞩目。李白、杜甫、韩愈、吴道子、王维、颜真卿、张旭、公孙大娘等名字，成为时代的骄傲。李白、杜甫的艺术成就，包括他们的艺术评论，可以代表那个时代的艺术水平与审美要求，并反映那个时代的脉搏。苏轼在评吴道子的画时说"出新意于法度之中，寄妙悟于豪放之外"，这两句话，其实也可以用来概括李、杜的诗歌。

　　诗与画是姐妹艺术。历来有"诗是无形画，画为无声诗"的说法。李白的"孤帆远影碧空尽，唯见长江天际流""两岸青山相对出，孤帆一片日边来"，杜甫的"花动朱楼雪，城凝碧树烟""花远重重树，云轻处处山""山行落日下绝壁，南望千山万山赤"，分明都是画。或者是，一首好诗配画，或一幅好画配诗，皆相得益彰，可以充分发挥语言艺术和造型艺术的特长，使作品更具艺术的感染力。读李、杜的论画诗，使我们深切地感受到诗画的血缘关系，也使我们体会到，诗人与画家有相互渗透的微妙之处。即是说，诗人具有了画家的眼力，他的诗歌，不仅有声，而且有色；画家具有了诗人的涵养，他的绘画，不仅有色，而且有声。诗与画如姐妹兄弟。在历史上，就有不少诗人而兼画家，也有不少画家又是诗人。

　　唐人以诗论画的，在李、杜前后都有，如宋之问、王维、岑参、高适、顾况、刘长卿、韩愈、柳宗元、白居易、元稹、刘禹锡、皮日休等，都有作品。或赞壁画，或题画扇，或评画松、画竹，都留下了脍炙人口的名句。白居易为协律郎萧悦写的《画竹歌》，"不根而生从意生，不笋而成由笔成"，又"举头忽看不似画，低耳静听疑有声"，正是评论了画，又再现了萧悦的画的生动性。不少诗人因为特别喜爱山水画而吟出了长诗。固然，奇妙的山水画，"能令堂上客，见尽湖南山"，出色的论画诗，又何尝不使读者"似见画中山"，甚至"似与画师说短长"。

这里，顺便说一个小问题。清沈德潜在《说诗晬语》中说："唐以前未见题画诗，开此体者，老杜也。"这则论述，说明杜甫的"题画诗"开出异境，特别引起了后人的重视。但就事实而论，在唐人的论画诗中，如宋之问的《咏省壁画鹤》、陈子昂的《咏主人壁上画鹤》等，都在杜甫出生之前就问世了，就是比杜甫出生早数十年的李邕，也曾写出了"醉里呼童展画，笑题松竹梅花"的《题画》诗。所以杜甫并非此体的"开创者"。我们这样说，当然丝毫不影响对杜甫诗歌卓越成就的评价。

本集共收李、杜论画诗四十七首，读诗散记三十七篇。散记着重从画史、画论的角度，对这些诗歌进行初步探讨，意在谈画，所以有些论述，不涉文学，未免有离题之嫌。李、杜诗注，版本甚多，新出版者也不少，故未辑录。限于水平，散记中不妥或差错之处难免，尚祈达者鉴正。

1978 年 5 月王伯敏序于杭州

目录

附录

上编 李白论画诗

一、论画山水

莹禅师房观山海图

真僧闭精宇[1]，灭迹[2]含达观。

列障图云山，攒峰入霄汉。

丹崖森在目，清昼疑卷幔。

蓬壶[3]来轩窗，瀛海[4]入几案。

烟涛争喷薄[5]，岛屿相凌乱。

征帆飘空中，瀑水洒天半。

峥嵘若可陟，想象徒盈叹。

杳与真心[6]冥，遂谐静者玩。

如登赤城[7]里，揭涉[8]沧洲畔。

即事能娱人，从兹得萧散。

我国自商、周、秦、汉而至隋、唐，壁画流行，宫殿、寺观、石窟、学府、衙署、旅舍以及墓室，壁上都有图画。或画"圣贤""忠烈"，或绘"道释""天地鬼神"，或写"山灵海怪"，以至山水、花鸟、走兽，正是"品类群生"，"曲尽其情"。到了五代、宋、元、明、清，壁画不绝如缕，成为我国建筑装饰上的重要部分。李白在这首诗中记叙的，是寺观僧房列障上的山水画。因为画的内容是蓬壶、瀛海等仙岛，所以诗人称之为《山海图》。这种图，至今还可以从宋人画的《仙山楼阁图》《琼台仙侣图》《蓬瀛图》中见其大略。

唐、宋的《山海图》，通常画神仙所居的东瀛，说是"山产不凋之木，地茂常青之草，桃李荣万年之春，羽毛翔不死之鸟"，又说是"峰嵯峨兮叠青莲，树青葱兮生紫烟，三神山兮起空蒙，十二楼兮悬珠帘……冥冥寂寂，其乐未央"。描绘的这些境地，具有浓厚的道家意趣。然而在莹禅师的僧房中，这种异教的艺术品居然被布置、被欣赏，这似乎是一件相矛盾的事。其实这在当时并没有什么稀罕。道教秉承古代神仙的传统，说东海有仙岛，清净无尘垢，还说"至高无比"，所以画之以图；而佛教的净土宗，无非说西方有极乐世界，美妙非凡，居住那里，无愁苦，无惊险，而且黄金铺地水银为池，四季长春，极乐无比，也同样画之以图。这些画图，全都是一

[1] 精宇，即精舍，佛家所居，如祇园精舍，竹林精舍，《晋书》有载，昔时"立精舍于殿内，引诸沙门以居之"。

[2] 灭迹，隐居避世之义，谢灵运有"灭迹入云峰"句。

[3] 蓬壶，指蓬莱仙岛。

[4] 瀛海，大海，泛指仙岛所在之海上。

[5] 喷薄，水涌起貌，此形容烟涛滚滚。

[6] 真心，此指无杂念之心。

[7] 赤城，此指浙江天台赤城山。

[8] 揭涉，言褰裳渡水，在膝之下曰揭，亦有作缓步漫行解。

仙山楼阁图
南宋　赵伯驹（传）
绢本设色
台北故宫博物院藏

西方净土变
敦煌莫高窟二一七窟
主室壁画

种幻想的境界。敦煌莫高窟的唐代壁画，就有大量"净土变"，而且都是巨幅之作。说穿了，道释二家在这些幻想上，并没有实质上的分别。所以道家也在欣赏佛教的画图，譬如李白，是一位信道的文人，但他不但与和尚打交道，还写过一首《金银泥画西方净土变相赞》，反映了道家欣赏佛家"极乐图"的情况。道家既然如此，和尚怎不可以欣赏道家的"仙山图"呢？

这幅《山海图》所描绘的景色，诗人说是"攒峰入霄汉"，"烟涛争喷薄，岛屿相凌乱"，又说是"征帆飘空中，瀑水洒天半"。由于诗人原"好神仙"，所以面对这幅图画，不禁"杳与真心冥"，以至产生"如登赤城里，揭涉沧洲畔"的种种联想，并感到"丹崖森在目，清昼疑卷幔。蓬壶来轩窗，瀛海入几案"。这是把画景与列障的环境融合起来写，把画写活了，使读者如坐列障之前，如入画景之中。类似的评画，在李白诗中不少，在唐人的其他论画诗中也屡见不鲜。兹举数例，以为参照：

杜甫在《奉先刘少府新画山水障歌》中有句云：

堂上不合生枫树，怪底江山起烟雾。

在《奉观严郑公厅事岷山沱江画图十韵》中有句云：

沱水流中座，岷山到此堂。
白波吹粉壁，青嶂插雕梁。

在《观李固清司马弟山水图三首》中有句云：

高浪垂翻屋，崩崖欲压床。

王季友在《观于舍人壁画山水》中有句云：

野人宿在人家少，朝见此山谓山晓。
半壁仍栖岭上云，开帘欲放湖中鸟。
独坐长松是阿谁？再三招手起来迟。
于公大笑向予说，小弟丹青能尔为。

白居易在题萧悦《画竹歌》中有句云：

举头忽看不似画，低耳静听疑有声。

刘长卿在《会稽王处士草堂壁画衡霍》中有句云：

能令堂上客，见尽湖南山。
青翠数千仞，飞来方丈间。

岑参在《题李士曹厅壁画度雨云歌》中有句云：

似出栋梁里，如和风雨飞。

掾曹有时不敢归，谓言雨过湿人衣。

上列这样的描写，以虚就实，巧妙地形容了绘画作品的生动性，达到了画固然生动，诗也写得有声有色的境地。

在绘画史上，类似这样形容作品的例子是不少的。如张彦远《历代名画记》中就说吴道子"幼抱神奥，往往于佛寺画壁，纵以怪石崩滩，若可扪酌"。又记述吴道子在长安菩提寺画的菩萨，能表现出"转目视人"的神态。至于民间形容绘画动人，说得"活龙活现"的不胜枚举，只不过在言词上更通俗而已。譬如赞美一棵梅树画得好，竟说每年冬天开花，香气扑鼻。又如赞美一幅"美女图"画得好，便说"画中人趁人不留意时会从画中跑出来，还给她的意中人烧饭、做菜、补衣服"。李白在这首诗中，把图中所画的蓬壶和瀛海形容得非常生动，好像真的把神仙境地搬到了读者眼前，但是诗人又不用"眼前"这样的词，却说"来轩窗""入几案"，具有画中之画的意味。读者虽未见到这幅《山海图》，却可以在诗中见到或者体会到。

这首诗是李白三十岁游洛阳龙门寺期间所作。当时李白正与道人元丹丘交往，并偕其隐居嵩山。面对这幅《山海图》，诗人怎能不为之神往。这首诗，可以说既是对画的赞赏，又是醉于道的流露。

观元丹丘坐巫山屏风

昔游三峡见巫山 [1]，见画巫山宛相似。

疑是天边十二峰 [2]，飞入君家彩屏里。

寒松萧瑟如有声，阳台微茫如有情。

锦衾瑶席 [3] 何寂寂，楚王神女徒盈盈。

高咫尺，如千里，翠屏丹崖灿如绮。

苍苍远树围荆门 [4]，历历行舟泛巴水 [5]。

水石潺湲 [6] 万壑分，烟光草色俱氤氲。

溪花笑日何年发？江客听猿几岁闻？

使人对此心缅邈 [7]，疑入高丘梦彩云。

[1] 巫山，在四川，为三峡中一景。相传为神仙所居。杜甫有"巫山巫峡气萧森"句。

[2] 十二峰，实指巫山有望霞、翠屏、朝云、松峦、集仙、聚鹤、净坛、起云、飞凤、登龙等十二峰。

[3] 瑶席，以瑶为席。

[4] 荆门，属荆州。天宝元年（742）改江陵郡，荆门属之。今湖北宜都市西北，长江南岸，与北岸虎牙山相对。

[5] 巴水，在巫山的上流，或泛指四川的江流。

[6] 潺湲，水流有声。

[7] 缅邈，思深时久之义，陶潜《闲情赋》中有"悲白露之晨零，顾襟袖以缅邈"句。亦有作仿佛解。

李白与元丹丘是知交。写这首诗是在开元二十二年（734），时李白三十四岁。他当日经汝海，游龙门，至洛阳，旋与元丹丘偕隐嵩山。这一年李白有《题元丹丘颍阳山居》诗，序云："丹丘家于颍阳，新卜别业。其地北倚马岭，连峰嵩丘，南瞩鹿台，极目汝海。云岩映郁，有佳致焉。白从之游，故有此作。"诗中所言的"新卜别业"，可能是李白写这首诗的地方，那么，"巫山屏风"当然陈设在这座"别业"中。

元丹丘，河南颍阳（今属河南登封）人，是一个学道的隐士。李白不但与他一起谈玄，还与他同时学道。李白给他写了好多诗，有《元丹丘歌》《闻丹丘子营石门幽居》《颍阳别元丹丘之淮阳》《寻高凤石门山中元丹丘》等。在《元丹丘歌》中，李白用白描手法，给元勾出了一幅画像：

> 元丹丘，爱神仙。
> 朝饮颍川之清流，
> 暮还嵩岑之紫烟。
> 三十六峰常周旋。

还描写他是"青春卧空林，白日犹不起"，陶醉于山水云烟间的"逸人"。

元丹丘宅中的这座"彩屏"，画的是巫山巴水的风光。李白对这座"彩屏"，最先感觉到的是"天边十二峰"，"飞"到了画里。这个"飞"字，含义极深，既点出了画家构思的神奇，又道出了画家的心敏手巧，一挥即就。这是诗人的语言，也是绘画行家的评介。诗人还说"苍苍远树围荆门，历历行舟泛巴水"，"水石潺湲万壑分，烟光草色俱氤氲"，这些画景，是李白昔日游三峡时见到过的。他的《上三峡》《秋下荆门》《自巴东舟行经瞿塘峡登巫山最高峰晚还题壁》及《宿巫山下》诸诗，都可以用来做证。只是在《秋下荆门》中，李白记他那时的所见是"霜落荆门江树空"，在画屏中的荆门，则是"苍苍远树围荆门"。一是"江树空"，一是"远树苍苍"，正是此一时，彼一时。也反映了凡画山林隐逸的画家，可以取萧疏之景，也可以用茂密之意。同是巴水，李白在《上三峡》一诗中，用"巫

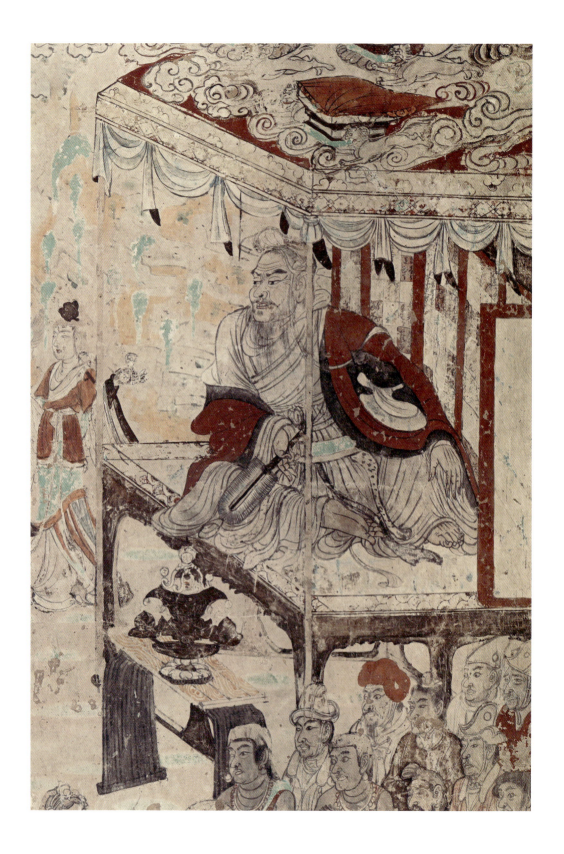

山夹青天，巴水流若兹"之句来形容，一个"夹"字，就把三峡的奇险形象地表达出来了。对彩屏上的巫山巴水图，诗人说是"高咫尺，如千里""水石潺湲万壑分"，把三峡的"夹青天"，通过绘画艺术生动地再现。

彩画屏风，唐代非常流行。韩偓在《已凉》诗中，提到"碧阑杆外绣帘垂，猩色屏风画折枝"。杜甫诗中，也提到咸阳张卖画有巫峡风光的"宝屏"。在敦煌莫高窟的壁画中，如九窟、一〇三窟、二二〇窟、三三五窟的壁画《维摩诘经变》，都画有屏风，维摩诘所坐台子的后边，就陈列着可以折叠的画屏。从这些壁画画屏中，可以了解当时屏风的式样。此外，在新疆吐鲁番阿斯塔那唐墓中，也出土屏风，如阿斯塔那一八八号墓，发现牧马屏风八扇，屏风以木框为骨架，框上裱糊绢画；又如二三〇号墓，则发现绢画乐舞屏风六扇。唐代的画屏，据《戚氏长物志》说：通常高五至六尺，四片、六片、八片不等，可在室内随意搬动，折叠时不规大小。另一种高大的通称屏障，或称列障，如莹禅师僧房中所陈式的。在杜甫的诗中，也提到奉先县尉刘单父子新画山水障。这些画图屏障，当时有一定的价格。张彦远在《历代名画记》"论名价品第"一节中记载，"董伯仁、展子虔、郑法士、杨子华、孙尚子、阎立本、吴道子屏风一片值金二万，次者售一万五千"。却不知元丹丘的这座为李白所欣赏的画屏是何人手笔。

关于"吴道子屏风一片值金二万"，这里想附带说一说。虽然离题，但也有趣。考唐代的二万金，即二万钱。现在拟以米的数量

牧马屏风画〔左页〕
新疆吐鲁番阿斯塔那
唐一八八号墓

乐伎屏风画〔右页左〕
新疆吐鲁番阿斯塔那
唐二三〇号墓

舞伎屏风画〔右页右〕
新疆吐鲁番阿斯塔那
唐二三〇号墓

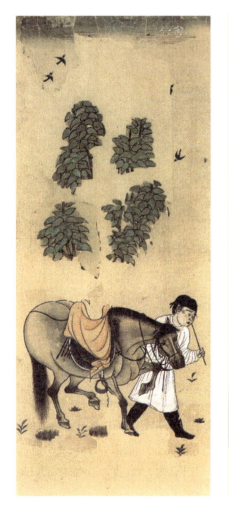

作大概合计。《旧唐书》卷九《玄宗纪》及《资治通鉴》卷二百十四载：开元二十八年，"米石不满二百钱"。《新唐书》卷五十《食货志》载：天宝五载，"米石一百三十钱"。又同书载：至天宝十三载，米价上涨，"米石二千一百钱"。画家吴道子享盛名，是在开元、天宝间，根据当时情况，就以米石一百八十钱计，吴画屏风一片，可换来一百十一石。唐代屏风，通常为六片，则吴画屏风一堂六片，换米六百六十六石。据吴承洛《中国度量衡史》记载，唐制米一石，合今米 0.5944 石，故唐米六百六十六石，合今米为三百九十六石。又我国容量习惯，米十斗为一石，即一百五十斤，照这样计算，吴道子画屏风一堂六片，其值为白米六万斤。至于当时被比作"百家"的一般画家，他们的取值，当然不能与吴道子相比了。而元丹丘家的屏风，其价究竟如何，只好留待今后好事者的谈话，本文不作一一了。

观博平 [1] 王志安少府山水粉图

粉壁为空天，丹青状江海。

游云不知归，日见白鸥在。

博平真人王志安，沉吟至此愿挂冠 [2]。

松溪石磴 [3] 带秋色，愁客思归坐晓寒 [4]。

读这首诗，就传统的山水画而言，有两点值得注意：一是"粉图"；二是"粉壁为空天"。

在唐人的题画诗中，常常提到"粉图"。有人解释为彩画的一种，并认为"杂粉色而绘之"，还有人把它与"粉绘"并提。其实，"粉图"就是在粉壁上画的图。李白在《同族弟金城尉叔卿烛照山水壁画歌》中，就明确地说是"高堂粉壁图蓬瀛"。至今保存在敦煌莫高窟的壁画，都可以称之为"粉图"。但壁画不一定都是"粉图"，如画于木板漆面上的壁画，以及日本所称的"金碧障壁画"，都不能称它为"粉图"。

既然"粉壁"为壁画的画底，则"粉壁为空天"，就是以"粉壁"的本色作为天色。李白所见的这壁山水画，"天空"就是没有勾线，也没有赋彩设色的。在这首诗中，作者对"粉壁为空天"是作

[1] 博平，属河北道博州，今山东聊城市西北。

[2] 挂冠，休官之谓。《南史》载：萧视素为诸暨令，到县十余日，挂衣冠于县门而去。

[3] 石磴，登涉之道，磴或作嶝。

[4] 坐晓寒，一本作生晓寒。

为首句提出来的，它与下句"丹青状江海"，成为明显的对照。这是说，一种不用"丹青"而表现出有"空天"的感觉；一种用上"丹青"，画出江海之状。"粉壁为空天"在唐画中不多见。唯敦煌莫高窟的二一七窟南壁，所画《法华经变》中的化城喻品，天空是不施颜色的，因为不多见，竟给人以较新鲜的感觉。所以诗人看了王少府署中不以彩色画天的作品，自然感到新鲜。原来中国山水画是青绿着色的，"空天"及水，往往用石青石绿来渲染，自六朝至唐宋，一般都如此。东晋画家顾恺之《画云台山记》，其中提到"清天中，凡天及水色，尽用空青，竟素上下以映日"，可证这个时期画天画水，曾经用过"空青"。"空青"是矿物质颜料，《历代名画记》早就提到"越隽（今属四川西昌）之空青，蔚之曾青，武昌之扁青"。至于唐画山水，如李思训、李昭道的金碧设色，水、天皆画色。敦煌莫高窟唐画山水，如二十三窟壁画《法华经变》中的配景，山用阔笔刷染，云则勾线施彩；一四八窟中唐壁画《涅槃变》的左上部，画青山绿树，以赭色为土坡，山间有云，天空染朱色为晚霞。又如一五九窟中唐壁画《佛教故事》，多以"青绿山水"为景，天空也是施染色彩的。其他如一七二窟、三二〇窟、三二一窟等壁画山水，天空都"以丹青状之"。有的作品，如画大型经变，就用石青染天。

千里江山图（局部）
北宋　王希孟
绢本设色
故宫博物院藏

便是宋画山水，天空也大多染色，不但壁画如此，卷轴画中有些兼工带写的山水画，所画天空，也染色彩。所以唐代的壁画山川，一般都用丹青，像李白所见的这铺以"粉壁为空天"的壁画，倒成为例外之作了。无怪乎诗人在开头第一句，便把这种绘画的表现写出来了。

不过，中国古代的山水画，到了水墨画法盛行时，像元、明、清的一般山水作品，除了画雨景、雪景之外，就不再染天画水了。它的表现是"江天无点墨，云水自然生"。这些画上的云、水，都不是靠笔墨直接画上去，而是靠画面上其他方面的巧妙变化取得另一种效果，可以谓之"素纸为空天"。

这种以"素纸为空天"的画法，到了元代以后逐渐发展起来，它可以让山水树石更突出，尤其画大山大水，正如唐棣（子华）所说：免得"丹青竞胜，山容为之减色"。李白游齐鲁，在兖州瑕丘少府王志安处所见的这铺山水粉图，画家在"空天"上不予赋彩，非但没有使作品减色，反成了当时一铺别具风致的山水图，并因此引起了诗人的歌颂，这里体现的山水画发展痕迹，耐人寻味。有人提到中国山水画的发展时，认为"自元季王、黄、倪、吴出，山水画始不以丹青画天"，现在读了李白的这首诗，可知唐人的山水画，已有此画法了。

诗中提到的王志安，博平（今属山东聊城）人，兖州瑕丘县的少府。能诗，有"豪侠之风"。李与王"在鲁南相见多次"，李另有《赠瑕丘王少府》诗，未有涉及绘画，故不录。

求崔山人 [1] 百丈崖瀑布图

百丈 [2] 素崖裂，四山丹壁开。

龙潭中喷射，昼夜生风雷。

但见瀑泉落，如漅 [3] 云汉来。

闻君写真图，岛屿备萦回。

石黛 [4] 刷幽草，曾青 [5] 泽古苔。

幽缄 [6] 傥 [7] 相传，何必向天台？

李白在论画诗中，提到画家名字的，这是唯一的一首。

崔山人不见一般记录，唐、宋人的几部有关论画著作，也没有提到他。唯近人黄宾虹在《古画微》增订手稿中，对崔山人作了简略的介绍。黄宾虹引明代邹守益（谦之）跋郭纯（朴庵）《苍松图卷》中说：

　　"崔巩为李白所重，白作《求崔山人瀑布图》，诗以赞之。巩字若思，蜀人。天宝中居长安，与郑广文（虔）交，善画松、马。"

[1] 崔山人，崔巩，字若思，四川人，天宝中居长安，与郑虔有交往，善画松、马。

[2] 百丈，有二说：一指百丈岩，在浙江天台县西北二十五里；一说泛指，百丈形容其高。

[3] 漅，水会貌。

[4] 黛，本作騰，画眉之墨，亦作画用。

[5] 曾青，颜色名，亦有称天青，作青绿山水多用之。据《本草》载：铜之精，其色极青。

[6] 幽缄，指密封的信件，故有"幽缄候君开"之句。

[7] 傥，此作倘。

据李白诗，崔山人还兼工山水画。

看来，李白与崔巩有一定交往。李求崔画，出了题目，还规定了内容。诗的前六句，便是要求画瀑布图的构思。后六句，点出崔巩画艺的特点，说明崔巩在绘画上既长于点缀，又善于设色。

李白虽然没有说他要求崔山人画的瀑布图是直幅还是横幅，但读者可以从诗句中意会其形势变化，并猜度出这画面是直幅的。苏东坡也有一首《题王晋卿画后》的诗："丑石半蹲山下虎，长松倒卧水中龙。试君眼力看多少，数到云峰第几重。"诗中亦未写明画是直幅还是横幅，但从诗中可体会出这是一幅横卷。相传黄翰（汝申）与朋友数人读苏东坡诗时，一致认为这是王晋卿（诜）的山水横卷，但座中有一人半信半疑。不久黄翰到山东任按察使，访得此图，果然是横卷，便赋诗道："……太白求崔画屏条……驸马（指王晋卿）图成五尺横，云峰可数松倒卧，东坡索纸洛阳无……"

李白诗中提到的"石黛"，即石墨，徐陵《玉台新咏》序中说："南都石黛，最发双蛾。"唐人画眉，有用这种颜色的。"曾青"，是湖南出产的矿物质颜料，极名贵，或称"怎青"。一般作画所用花青，用蓝靛制成，日久易褪色。"怎青"比"花青"有光泽，永不变色。这说明崔巩用颜色是很讲究的。绘画用色，只要条件许可，应尽可能用上好颜色。否则，日子一长，面目全非，画家辛勤劳动的果实，付之一炬，岂不可惜。敦煌莫高窟的有些壁画山水，由于受阳光与风沙的影响，原来的"青山绿水"，有的变成了"白山黑水"，十分遗憾。

李白写这首诗是在天宝二年（743），这年诗人四十三岁。当时他对天台这座名山是极为赞美又非常向往的。这里他却用"何必向天台"这样一句话来赞美崔的山水画，正说明崔的山水画比他向往的天台山还美，也反映了李白对崔画是何等的看重。

李白是诗人，他向画家求画，凡见精品，便给这些画作题诗发感叹，实则他自己的山水诗，也正是有声之画。李白作《望天门山》，诗云："天门中断楚江开，碧水东流至此回。两岸青山相对出，孤帆一片日边来。"对这首诗，唐人有无画作，我不知道。而在宋、元、明、清的画家中，都有画此诗意的作品，有落笔重在"天门"之景者，有重"孤帆"自"日边来"者。至于如李白的名作《早发

天門中斷楚江開碧水東流至北迴兩岸青山相對出孤帆一片日邊來李白望天門山詩以張僧繇沒骨法圖此清湘大滌子石濤寫

017

白帝城》《黄鹤楼送孟浩然之广陵》等，历代画家画它诗意为山水图的则更多，就近代而言，黄宾虹、张大千、傅抱石、李可染等都有抒写这些诗意的佳构。更有如李白的纪游诗，后人以此作长卷的亦数见。李白的纪游诗，还引起不少诗人为之吟哦。李白游安徽，有《秋浦歌十七首》，宋人曹清在他的《秋浦行》中写道："秋浦四时秋，行行荡我魂。崎岖度清浅，幽岚花气袭。黄山岭上云，白笴陂中月。水发秋浦源，山结秋浦脉。剩有垂钓矶，携尊呼太白。徘徊复何往，移情此朝夕。"正是山水既佳，好诗又动人，所以诗人曹清到了秋浦，不期然而然地使他"携尊呼太白"。至元代，曹天祐在《秋浦宛似潇湘洞庭图》的诗中，说得更恳切，以为"李白昔爱秋浦县，万里长江看匹练。何年写作秋浦图，一幅烟云三尺绢。欲借浦图一观看，江南江北云茫茫"内"何年写作秋浦图"句，也意味着李诗早被人们看作有声的图画了。

同族弟金城[1]尉叔卿烛照山水壁画歌

高堂粉壁图蓬瀛[2]，烛前一见沧洲[3]清。

洪波汹涌山峥嵘，皎若丹丘[4]隔海望赤城[5]。

光中乍喜岚气灭，谓逢山阴晴后雪。

回溪碧流寂无喧，又如秦人月下窥花源[6]。

了然不觉清心魂，只将叠嶂[7]鸣秋猿。

与君对此欢未歇，放歌行吟达明发。

却顾海客扬云帆，便欲因之向溟渤[8]。

　　李白这首诗，写的是夜间与族弟以烛光照看山水壁画的情况。韩愈在洛阳所写的《山石》诗中，也曾提到他于"黄昏到寺"，由于"僧言古壁佛画好，以火来照所见稀"，和李白具有同样的看画雅兴。说明当时的壁画，因为有好手之作，常为墨客骚人所重视。

　　在"一见沧洲清"的画图面前，李白想得很多，也很幽远。值得注意的是"隔海望赤城"，这是诗人的联想，也是这铺壁画山水给予观者的形象感觉。

　　中国传统山水画的表现特点，可以"铺舒为宏图"，而使其得"咫尺千里"之趣。这些作品，往往画的是叠嶂层峦或是无尽溪山，

[1] 金城，唐时兰州五泉县，咸亨二年（671）更名金城。又兰州广武县，乾元二年（759）更名金城。又京兆兴平市，本名始平，景龙二年（708）更名金城，此诗可能指此。

[2] 蓬瀛，蓬莱仙岛，海上神山。

[3] 沧洲，即沧州，在山东，此泛指山水风烟。

[4] 丹丘，言昼夜常明为丹丘。

[5] 赤城，浙江天台县北，对此有两说：一名烧山，因该山石壁赤色，望之壁立如城；一指该山多红梅，花开时，如红霞映满城。

[6] 花源，此谓武陵桃花源，今湖南省常德境内，此指避世之地。

[7] 叠嶂，指重重叠叠的山。

[8] 溟渤，说溟渤为二海名，一说泛指，凡海岸崎岖为溟渤。鲍照有诗云："穿池类溟渤"

柳暗花明
畫景宜人
如在佰上
學萬、至
彌底凌素
逰倦詩倫
童和六字
題軟報
平提試輞
驪晴伕眉
柳、絲長
游走山色
百雙句不
困吏章負
錄藜
乾隆御題

使观者可以游目骋怀。展子虔的《游春图》、李昭道的《春山行旅图》、荆浩的《匡庐图》以及王希孟的《千里江山图》，使人不只能"隔海相望"，而且隔着数座大山，仍然"面面可观"，"步步有景"。李白所见的这幅给观者有"隔海相望"感觉的图画，它的特点可能来自这样两方面：一是图中的点景人物正在作隔海相望状；二是图中画出了重叠的山和宽广的海，使观画者可以见到隔山隔海的风光。这样的一种艺术处理，在中国的传统山水画中是常见的。如现存宋人画的《观潮图》《飞仙图》等，都有这种布势。

这铺壁画画的是"蓬瀛"，诗人在题诗中，明显地反映了道家思想。李白在出蜀前的青少年时代已和道教接触，出蜀后，常常醉心于求仙访道，向往蓬瀛"三山"的仙境。他写的游山漫笔中，都有"羽人""青童""玉女"以至"鹤上仙"等字眼。天宝年间，他还没有成为真正的道士，便说自己"清斋三千日，裂素写道经"。在这首诗中，他除了描绘自己借烛光来欣赏"图蓬瀛"壁画的情景外，还表达了"却顾海客扬云帆，便欲因之向溟渤"的心意。他在《当涂赵炎少府粉图山水歌》中，竟带着焦急的心情发问："几时可到三山巅？"在《观博平王志安少府山水粉图》中，居然替主人设想："沉吟至此愿挂冠。"这些诗句，与他在《江上吟》中说的那句"功名富贵若长在，汉水亦应西北流"，都是道家思想感情的流露。

在我国古代的山水画中，从六朝至唐以及元、明、清，不少作品都带有道家的色彩。如画云烟缥缈的《方壶图》，画溪山烟雨、溪树迷离的《向道图》，有的更直书其名为"神仙楼阁图"。早在东晋时，顾恺之画云台山，就画"天师坐其上"。唐人山水画中有道家思想的作品不少。杜甫论画诗中提到的王宰山水书，李固清家中壁上所挂的山水图，都属道家的海上仙山图。这些作品给予观者的联想是"群仙不愁思，冉冉下蓬壶"。宋、元山水画中，这类画就更多了。宋王诜的《烟江叠嶂图》、李唐的《仙岩采药图》、宋赵大亨（传）的《蓬莱仙会图》及元黄公望的《雨岩仙观图》等，都充分地表达了山川的清幽，像李白在这首诗中提到的"回溪碧流寂无喧"一样。道家有时用自然界的现象来解释社会现象，他们的所谓"无为"的消极人生观，往往通过山水画的这种"无喧"的意境反映出来。因此，要研究中国画学史上的这部分思想表现，可以从这些山

瑶宫珠宫镜
裹涵石揭砌
後沥鞋探汉
皇却欲寻仙
路致使齐人
搅擘侠
乾隆甲子暮春
尚题

春山行旅图（左）
唐　李昭道
绢本设色
台北故宫博物院藏

方壶图（右）
明　文伯仁
纸本设色
台北故宫博物院藏

水画家的作品中获得深刻的了解。

当涂[1]赵炎少府粉图[2]山水歌

峨眉[3]高出西极天，罗浮[4]直与南溟[5]连。

名工[6]绎思挥彩笔，驱山走海置眼前。

满堂空翠如可扫，赤城霞气苍梧烟。

洞庭潇湘意渺绵，三江七泽[7]情洄沿。

惊涛汹涌向何处，孤舟一去迷归年。

征帆不动亦不旋，飘如随风落天边。

心摇目断兴难尽，几时可到三山[8]巅？

西峰峥嵘喷流泉，横石蹙水波潺湲。

东崖合沓[9]蔽轻雾，深林杂树空芊绵[10]。

此中冥昧[11]失昼夜，隐几寂听无鸣蝉。

长松之下列羽客[12]，对座不语南昌仙[13]。

南昌仙人赵夫子，妙年[14]历落[15]青云士[16]。

讼庭[17]无事罗众宾，杳然如在丹青里。

五色粉图安足珍？真仙可以全吾身。

若待功成拂衣去，武陵桃花笑杀人。

这是一壁"五色粉图"。根据诗意，无疑是重山复水的全景图。图中还画有点景的道家人物以及风帆等。

李白在天宝三载（744）遭高力士等谗毁，政治上失意，被"赐金还山"，心情沉重，离开长安。此后，李白一面浪迹江湖，任性纵酒，一面醉心学道。这首诗，约于天宝十四载（755）居当涂时所写。他对衙署里的这铺壁画很欣赏，以至"目断"而"兴难尽"。

诗的开首两句，便把全图的大轮廓勾出来了，说仰视峨眉之高，高出了"西极天"，俯察罗浮逶迤，直与南溟连接。东西南北、高远、深远以至迷远，都从开句的十四字中体现出来。

接着，诗人写道："名工绎思挥彩笔，驱山走海置眼前。"这"驱山走海"四字，不但充分表达了画图的磅礴气势，并把名工的如何"绎思"也写出来了。

李白不是画家，可是在绘画鉴赏方面，具有真知灼见，俨如画

[1]当涂，唐时属宣城郡，今安徽芜湖北。

[2]粉图，粉壁上的图画，今敦煌莫高窟保存的唐代壁画，即有粉图。

[3]峨眉，在四川峨眉山市西南。

[4]罗浮，在广州增城区东。

[5]南溟，《庄子》："南溟者，天池也"，此当指南海。

[6]名工，一本作名公。

[7]三江七泽，三江有两指，一松江、钱塘江、浦阳江；一岷江、沣江、湘江。此所谓三江，当泛指。七泽，楚有七泽，云梦为一泽，其余六泽，未详所在，此泛指，不一定实指。

[8]三山，古以蓬莱、方丈、瀛洲为三仙山。

[9]合沓，山高而重叠，谢朓有"兹山亘百里，合沓与云齐"句。

[10]芊绵，远望貌。

[11]冥昧，此可作幽暗解。

[12]羽客，指道士，世称道士之衣为羽衣，故云。

[13]南昌仙，梅福，九江人，汉武帝时为南昌尉，一日，忽舍妻而去，传云得仙。赵炎为当涂县尉，故以梅福相比，称赵炎为南昌仙。

[14]妙年，指少年。

[15]历落，磊磊落落，胸怀坦白。

[16]青云士，指高人逸士。

[17]讼庭，指赵炎的衙署。

苑行家，道出了传统山水画的创作特点。五代贯休有诗道："常思李太白，仙笔驱造化。"贯休说的是诗人以诗来"驱造化"，李白这里说的是画家以画笔来"驱山"。"驱"的方式方法不同，道理则一。

客观世界的山、水、树、石以至云烟等，都是按自然界自身的规律分布的，错综复杂。画家作画，要根据生活的观察与积累，先立意，然后"凝想形物"。还要发挥画家的主观能动作用，加以剪裁取舍，达到"因心造境"。"驱山走海"，便是"因心造境"的一种表现。中国的山水画，经过许多画家千百年来的辛勤劳动与反复实践，不断创造。在创作方法上，有的"以大观小"，采取"推远看"的办法来解决取势问题；有的则"以小观大"，采取"拉近看"的办法进行细致刻画，并突破空间、时间在绘画艺术上的局限，把不同视域里的景物概括起来，做出巧妙的安排，而成为完整的"全景图"。吴道子画嘉陵江三百余里的风光，如果在创作时不用"远取其势，近取其质"的办法，没有"驱山走海"的本领，那是不可能画三百余里景物于一壁的。宋人画《长江万里图》《千里江山图》以及《溪山清远图》，莫不如此。西欧有位画家曾说：像画"江山无尽图"这一类风景画，只有运用中国山水画的画法最有效。

李白的"驱山走海"，作为山水画的艺术表现而言，这四字竟是很有见地的说法。"驱山走海"，用辞极妙。"山"即"山"，"海"即"水"。中国的山水画，山可任画家"驱"，水可任画家"走"。"驱"或"走"，都由画家根据绘画需要而进行。这种"驱""走"，有两种情况：一种，可以把"高出西极天"的峨眉，作为无名之山，而"驱"之于东海之滨，或置之于观者的眼前；另一种，则把南北西东的好山好水，都"驱"在一起，"集千里之美于一景"，即所谓"巴蜀连吴越，西东一画中"。换言之，将目所不能及，甚至相距千百里之景，尽收一图之中。所以这样的"驱""走"，一是表明画家可以充分发挥主观能动性；二是表明中国画的艺术形式，其含受量竟可以突破空间的局限。

李白的这首诗，较多地涉及山水画的创作方法。他在赞许这铺壁画的点景时说"征帆不动亦不旋，飘如随风落天边"，上句写征帆之远，因为远，看去不觉其动。但是作为绘画，仍然要把它画得生动，所以诗人在下句又以"飘如随风"来形容，这就点出了"征帆"

长江万里图（局部）（下页）
南宋 赵黻
纸本水墨
故宫博物院藏

画得生动有致。至于"征帆""远"到了"天边",无疑是说画家把征帆的位置画得很高,感觉上与水天一色了。李白见到的征帆,被画得很高,正如他在莹禅师房所见的《山海图》,"征帆飘空中",在画面上也是被画得很高的。这种"将远画高"来处理空间关系,都说明这幅壁画具有我国传统山水画所特有的布局手法。

诗中还描述了画中长松之下有"羽客",与南昌仙对坐,这都是道家人物。南昌仙,有人以为是汉成帝时的梅福。梅福是九江寿春人,曾为南昌尉。其实,这幅画中的"南昌仙",可能是诗人据画意拟的名。他的用意,无非想把"妙年历落"的赵炎少府比作一个仙道者。所以,他从记画景继而谈到了实景,又写到了画外赵炎那种"讼庭无事罗众宾,杳然如在丹青里"的少府生涯。诗人当然没有估计到,在他写下这些诗句的第二年,赵炎就遭流放之祸,不但没有入仙山去"全吾身"的机会,连在五色粉图前"罗众宾"作"卧游"的清福也没有了。李白的这一类诗,既是咏画,也是借画抒情。

（对李白所记的这幅彩绘山水壁画,傅抱石与潘天寿有不同看法。在研讨时,两位先生各拟一图说明自己的理解。详细内容请参看杜甫《戏题王宰画山水图歌》一节的附记。）

二、论画鸟兽

金乡[1]薛少府厅画鹤赞

高堂闲轩兮,虽听讼而不扰。图蓬山之奇禽,想瀛海[2]之缥缈。紫顶烟艳[3],丹眸星皎。昂昂伫眙[4],霍若惊矫[5]。形留座隅,势出天表。谓长鸣于风霄,终寂立于露晓。凝玩益古,俯察愈妍。舞疑倾市[6],听似闻弦[7]。傥感至精以神变,可弄影而浮烟。

这是李白三十四岁时所写的画鹤赞。这时他还没有应诏入京。

金乡在唐时隶属兖州鲁郡（今属山东济宁）。李白在金乡衙署看到这铺鹤图时,已存参政之念,所以说"高堂闲轩兮,虽听讼而不扰"。但他毕竟醉心于学道,向往蓬瀛仙境,又不禁说出了"图蓬山之奇禽,想瀛海之缥缈"。这与其说是颂画鹤,不如说在自述自遣。如"形留座隅,势出天表。谓长鸣于风霄,终寂立于露晓",又

[1] 金乡,济宁唐隶属兖州鲁郡,今属山东济宁。

[2] 瀛海,一本作瀛洲,为大海仙山。

[3] 紫顶烟艳,艳,大赤之色。鲍照《舞鹤赋》有"顶凝紫而烟华"句。

[4] 伫眙,立视貌。

[5] 霍若惊矫,忽若惊飞。

[6] 舞疑倾市,《吴越春秋》载吴王舞白鹤于市,万民观之,故鲍照《舞鹤赋》有"出吴都而倾市"句。

[7] 听似闻弦,《韩非子》载:师旷拨琴而鼓,一奏之有玄鹤二八,道南方来,集于廊门之垝,再奏之而列,三奏之,延颈而鸣,舒翼而舞。

竹鹤图
南宋　牧溪
绢本设色
日本京都大德寺藏

如"凝玩益古，俯察愈妍。舞疑倾市，听似闻弦"，简直是诗人在给自己写照。范传正在李白的新墓碑文中，就说他"常欲一鸣惊人，一飞冲天"，还说他"不拘常调，器度弘大，声闻于天"。其实，李白的求仙学道是他在政治活动上所采取的一种途径。他很想"善事天下"，达到"大放宇宙间，寒暖共千夫"。可是，当他在"空空蒙蒙"中看到当时社会的某些矛盾，看出"权势之福害天下甚矣"，要想"云游雨散从此辞"的时候，他的生命却将要结束了。

关于这首诗，有人以为是李白赞薛稷画鹤。这是以讹传讹，这里略作必要的阐述。

《宣和画谱》卷十五"薛稷"小传内提到："李太白有稷之画赞，杜子美有稷之鹤诗，皆传于世。"但查李白诗文集，未见"有稷之画赞"。近人注释《宣和画谱》时，仍把"李太白有稷之画赞"句加以引用。误会的焦点在于一是有"薛少府"的"薛"姓，二是"画鹤"。因薛稷画鹤太有名，凡论画鹤，必提薛，犹如画马必提曹（霸）、韩（幹）一样，后人把"薛"与"画鹤"两者凑合起来，即成"薛"稷画"鹤"。《宣和画谱》编撰者的误解是这样，近人作注的误解也是这样，这是需要纠正的。考李白的这首《金乡薛少府厅画鹤赞》，作于开元二十五年（737），这一年李白居东鲁（今山东），那时薛稷已去世十多年，怎能在金乡任"少府"，何况薛稷一生未任"少府"职。又诗中明明说的薛少府，当是另一位姓薛的少府，并非薛稷。至于薛少府厅中的"鹤画"为谁所作，只好有待考证了。

这里，还有必要澄清另一项记载上的失实。唐朱景玄在《唐朝名画录》中说，李白与薛稷有过交往，内载："薛稷，天后朝位至宰辅，文章、学术，名冠时流。学书师褚河南，时称买褚得薛，不失其节。画踪如阎立本，今秘书省有画鹤，时号一绝。曾旅游新安郡，遇李白，因相留，请书永安寺额，兼画西方佛一壁。笔力潇洒，风姿逸秀，曹（仲达）、张（僧繇）之匹也。二迹之妙，李翰林题赞见在。"这段记载是不符合事实的。关于薛稷，《唐书》卷七十三内提到，"及窦怀贞伏诛，稷以知其谋，赐死于万年县（今陕西西安临潼东北）狱中"，又查《旧唐书》卷一百八十三《窦怀贞传》，窦死于先天二年，即713年，可知薛稷在713年，即使不死，也已累罪入狱。李白生于701年，当薛稷累罪入狱结束其政治活动时，李白年仅十二岁，而且尚未出蜀。所以说李白与薛稷相遇于新安郡是不可能的。退一步说，薛稷在另一地方即使遇到过李白，而李白不过十岁左右，也不可能被邀请题写寺额。根据上述考证，所谓李白与薛稷的关系，当属子虚乌有。

壁画苍鹰[1]赞

突兀枯树，旁无寸枝。
上有苍鹰独立，若愁胡[2]之攒眉，
凝金天之杀气，凛粉壁之雄姿[3]。
觜铦剑戟，爪握刀锥。
群宾失席以愕眙[4]，未悟丹青之所为。
吾尝恐出户牖以飞去，何意终年而在斯！

李白在这首诗里，虽赞壁画苍鹰，但对画鹰艺术未着一字，而是引发了许多议论。

乾隆王琦本《李太白文集》，在《壁画苍鹰赞》题下加了“讥主人”三字，说明历来注李诗者早已点出了这首赞的主题。

李白一生，以布衣啸傲于公卿间，有时以诗歌作为他对某些人物嘲笑讽刺的工具。李白中年住在任城（今山东济宁）时，写过《嘲鲁儒》的有名诗篇，对眼界狭窄、行动迂阔的腐儒进行了尖锐的批判。这首壁画赞，虽不同于《嘲鲁儒》那样的单刀直入，但同样具有“楚狂人”的锋利刀笔。

诗人在赞中讥笑了那些“失席以愕眙”的群宾之后，指出那是由于“未悟丹青之所为”的缘故。这句话，也是这首诗赞的中心意旨。“未悟丹青”，包含着多方面的意义。一是意喻那些“群宾”不晓时事；再是笑那些“群宾”愚蠢到竟以画鹰为真鹰。诗人抓住了这些来“讥主人”，无疑一针见血。因为那些“群宾”,“问以经济策，茫如坠烟雾”，向为李白所蔑视。而李白本人，虽“好神仙”，但在政治上还是有抱负的，认为可以“为圣朝出力”，所以他对那些连看画鹰都要“失席”而“愕眙”的人，投以轻蔑的目光。

关于画鹰被误为真鹰的故事，历来就有。相传北齐武成帝高湛

[1] **苍鹰**，鹰，古有称鸠者。有谓，一岁色黄为黄鹰，二岁色变次赤为鵃鹰，或曰鷂鹰，三岁后色变苍白为苍鹰。

[2] **愁胡**，孙楚《鹰赋》，形容其鹰为胡人愁目之状。

[3] **凛粉壁之雄姿**，此可作“敌威解”。换言之，壁上所画苍鹰，凛凛有生气，见其雄姿，令人不寒而栗。

[4] **愕眙**，惊恐貌。

的第二子高孝珩，博学多才，曾在客厅壁上画了一只苍鹰，"睹者疑其真，鸠雀不敢近"（《历代名画记》卷八）。据黄休复《益州名画录》载："广政癸丑岁，新构八卦殿，（主）又命筌（黄筌）于四壁画四时花竹、兔雉鸟雀。其年冬，五坊使于此殿前呈雄武军进者白鹰，误认殿上画雉为生，掣臂数四。蜀主叹异久之，遂命翰林学士欧阳炯撰《壁画奇异记》以旌之。"画鹰既为人所恐，画雉又为鹰所误，都是赞美所画之神妙，形象之栩栩如生。以此入诗，也以此撰文，在历史上还不止这几件事。

方城 [1] 张少公 [2] 厅画狮猛赞

张公之堂，华壁照雪。

狮猛 [3] 在图，雄姿奋发。

森竦眉目，飒洒毛骨。

锯牙衔霜，钩爪抱月 [4]。

掣蹲胡以震怒 [5]，谓大厦之岠岈 [6]。

永观厥容，神骇不歇。

在"华壁照雪"的张少公衙署里，画着一铺《狮猛图》。现在图虽不存，而画狮却在诗中"雄姿奋发"，俨如真狮。

狮子吼声洪大，群兽闻之，无不震恐，向有"兽王"之称。古代衙署壁上画狮或画虎，无非为了给统治者助威。

张少公厅的《狮猛图》，狮被画得"森竦眉目，飒洒毛骨。锯牙衔霜，钩爪抱月"。堪人耐味的还在于"掣蹲胡以震怒，谓大厦之岠岈"。"狮猛"的气势，正是在于它的"震怒"之中。常言"狮吼以惊谷"，何况生动地画出它的"震怒"，其"神骇"的异状，当可想而知。

以狮为题材的绘画，唐以前便有。相传晋王廙画《狮子击象（吉祥）图》，戴逵画《狮子图》，又南朝宋时的陆探微，曾在板上画过"狮子图"，宗炳也画《狮子击象图》。书载北齐杨子华还画过《狮猛图》。到了唐代，凡长于画畜兽的，"多兼善狮、虎"。如阎立本画过《职贡狮子图》，至宋代为宣和宫廷所收藏。又范长寿画过《狮猛图》和《双狮图》。据《唐朝名画录》记载："韦无忝……

[1] **方城**，一名万城，今湖北江陵县东。

[2] **少公**，犹如少府。

[3] **狮猛**，向为画材，北朝齐扬子华曾画《贵戚游苑》《宫苑人物》《斛律全像》及《狮猛》等图。

[4] **抱月**，一作把石。

[5] **掣蹲胡以震怒**，掣，挽之状；蹲，踞之状。蹲胡，谓调狮之胡，即是说，蹲踞而牵挽者，狮方震怒，所以曳狮之胡，好像反为狮所曳，极言狮之"雄姿奋发"。

[6] **岠岈**，不安之意。一作岹岈。

三狮图
清 华嵒
纸本水墨
旅顺博物馆藏

开元天宝中，外国曾献狮子。既画毕，酷似其状。后狮子放归本国，惟画者在焉，凡展图观览，百兽见之皆惊惧。"足见韦所画的，也属"狮猛图"的一种。

到了宋、元、明、清，"狮"成了传统的画材，民间画狮尤多。有《狮衔宝剑图》《双狮戏球图》《舞狮献瑞图》《醒狮图》等等。清嘉庆间，湖州画工郑有山绘有巨幅《三狮图》，两狮皆作震怒状，唯小狮随后，作戏球状。上楷书"狮猛在图，雄姿奋发"。储震昌（晓岚）于道光十八年（1838）也作《双狮图》，以隶书题"神骏不歇"四字，皆用李白句。足见李白的这首诗，已产生了深远影响。

三、题画人物

观伙飞[1]斩蛟龙[2]图赞

伙飞斩长蛟，遗图画中见。
登舟既虎啸，激水方龙战[3]。
惊波动连山，拔剑曳雷电。
鳞摧白刃下，血染沧江变。
感此壮古人，千秋若对面。

李白看了一幅古代流传下来的《伙飞斩蛟龙图》后，激动地写下了这首赞歌。

伙飞，一作次飞，又作兹非或次非。春秋时荆（今湖北）人。他的事迹，载于《吕氏春秋》与《淮南子》。据说，伙非"尝得宝剑，遂涉江，至中流，两蛟绕其舟。飞谓舟人曰：'汝曾见两蛟夹舟而舟中之人有全活者乎？'舟人对曰：'未见。'飞曰：'若此，吾乃江中朽骨腐肉耳，复何爱？'乃攘臂拔剑，赴江刺杀蛟，众赖以全"。伙飞不畏江蛟，敢为众人除害的义举，不但在当时遐迩闻名，也被后代广为传颂。

李白年轻时，观奇书，学剑术，好神仙，是一个任侠使气的文人。他在二十岁时所作的《大猎赋》，足以反映这种性格。诗中说："擢倚天之剑，弯落月之弓。昆仑叱兮可倒，宇宙噫兮增雄。"又说："河汉为之却流，川岳为之生风。羽毛扬兮九天绛，猎火燃兮千山

[1] **伙飞**，春秋时荆（今湖北）人，事迹详见本书正文。

[2] **蛟龙**，龙之属。江海中之猛鱼类，古人神奇之。又有云：蛟即蝮，说"蛇与雄交而生子曰蝮，似蛇而四足，能害人"，自古以来，认为"斩蛟除害，与人为善"。

[3] **龙战**，《易经》云"龙战于野，其血玄黄"，一般作群雄并峙而争夺天下解，或作酣战释。

周处击蛟图
清 佚名
绢本设色
台北故宫博物院藏

红。"浩然之气溢于字里行间。这首《观佽飞斩蛟龙图赞》，据识者所考，可能与《大猎赋》同年创作。如果是这样，则诗人正是以自己的任侠心情，表达了对古代壮士的崇敬和爱戴。

据历来画史的记载，唐以前画射蛟、斩蛟的作品不少。南梁的大画家张僧繇就画过《汉武射蛟图》。李白所见的这幅斩蛟图，其人物形象的刻画是极其生动的。赞中所说的"惊波动连山，拔剑曳雷电"，充分表达了壮士的英勇气概。宛如南齐谢赫在《古画品录》中评张墨、荀勖所画那样，达到"风范气候，极妙参神"的妙处。诗人还描写这幅画"鳞摧白刃下，血染沧江变"，这是对画图可视形象的细致描写。

在我国画论中，对于绘画艺术的社会功用，早有论评。晋陆机（士衡）说："宣物莫大于言，存形莫善于画。"南齐谢赫在《古画品录》的序中，更明确地说："千载寂寞，披图可鉴。"李白看了这幅古代的斩蛟图，所以感到了"千秋若对面"，也因为这幅绘画不只是描绘了客观现实生活的表面，还深刻地宣扬了现实生活中有作为者的侠义思想，并使人对这种思想有所感受而潜移默化被影响。

四、题画像

羽林[1] 范将军画赞

羽林列卫，壁垒南垣。四十五星，光辉至尊。范公拜将，遥承主恩。位宠虎臣，封传雁门。瞻天蹈舞，踊跃精魂。逐逐鹘视，昂昂鸿骞。心豪祖逖，气爽刘琨[2]。名震大国，威扬列藩。麟阁[3]之阶，粉图华轩。胡兵百万，横行纵吞。爪牙[4]帝室，功业长存。

江宁杨利物画赞

太华高岳，三峰[5]倚天。洪波经海，百代生贤。为夔[6]为龙，廓土济川。赵城开国，玉树凌烟[7]。笔鼓元化，形分自然。明珠独转，秋月孤悬。作宰作程，摧刚挫坚。德合窈冥，声播兰荃。鸿渐麟阁，英图可传。

[1] 羽林，主卫王室之军为羽林军

[2] 刘琨，晋时武将，生有英气

[3] 麟阁，指汉宣帝时书功臣像于麒麟阁之壁

[4] 爪牙，常云：鸟用爪，兽用牙，以防卫己身。民间常谓帮凶者为爪牙

[5] 三峰，此指太华山，其上有三峰直上，晴霁可观

[6] 夔，一足之龙称夔，故有夔一足之称

[7] 凌烟，即凌云，高与云若

宣城吴录事画赞

大名之家，昭彰日月。生此髦士[1]，风霜秀骨。图真像贤，传容写发。束带岳立[2]，如朝天阙。岩岩兮谓四方之削成，澹澹兮申[3]五湖[4]之澄明。武库肃穆，辞峰峥嵘。大辩若讷[5]，大音希声。默然不语，终为国桢[6]。

安吉[7]崔少府翰画赞

齐表巨海，吴嗟大风。崔为令族，出自太公。克生奇才，骨秀神聪。炳若秋月，骞然云鸿。爰图伊人，夺妙真宰[8]。卓立欲语，谓行而在。清晨一观，爽气十倍。张之座隅，仰止光彩。

金陵名僧颜公粉图慈亲赞

神妙不死，惜生此身[9]。托体明淑，而称厥亲。粉为造化[10]，笔写天真[11]。貌古松雪，心空世尘。文伯之母，可以为邻。

当涂李宰君画赞

天垂元精[12]，岳降[13]粹灵。应期命世，大贤乃生。吐奇献策，敷闻王庭。帝用休之，扬光泰清。滥觞百里，涵量八溟。缙云[14]飞声[15]，当涂政成。雅颂一变，江山再荣。举邑抃舞[16]，式图丹青。眉秀华盖，目朗明星。鹤矫闻风，麟腾玉京。若揭日月，昭然运行。穷神阐化，永世作程。

以上是诗人对若干幅肖像画的赞颂，意在论人而不在评画。

唐代流行为画像写赞，风气所开，朝野如此。例如初唐时，阎立本画《秦府十八学士像》，便有褚亮为之赞。贞观十七年（643），唐太宗李世民诏阎立本画凌烟阁功臣二十四人图，李世民自为题赞。后来民间成为一种俗例，每画肖像，主人必请名人写赞。有些文人不胜其烦，再三推托，推托不了，只好对主人"作三五句应酬语"。当然，也有不少文人写赞，乃出自内心的歌颂。如李白与李阳冰有

[1] 髦士，俊雅之士。

[2] 岳立，巍然而立，李白《叙旧赠江阳宰陆调》诗中有"多君秉古节，岳立冠人曹"。

[3] 申，一本作日。

[4] 五湖，有两说：一指太湖，因太湖周五百里，故曰五湖。一说，五湖乃指具区、兆滆、彭蠡、青草、洞庭。

[5] 大辩若讷，出《老子·洪德章》，大辩者，智无疑，若讷者，口无词。

[6] 国桢，国之桢干，为有用之大才。

[7] 安吉，唐时隶属江南道、湖州吴兴郡，今属浙江省湖州市，在浙西。

[8] 妙夺真宰，极言其像画的形神兼备。

[9] 惜生此身，一本作借生此身。

[10] 粉为造化，意即按其形貌自然而起画稿。

[11] 笔写天真，指传神写照。天真，指对写画的对象，要画得自然而能抒发其本性。

[12] 元精，真情本性，或作元气解。

[13] 岳降，出《诗经·大雅》，"惟岳降神，生甫及申"。

[14] 缙云，唐时属江南东道，属处州，今属浙江省丽水市，李阳冰于乾元间为缙云令，后迁当涂令，故云飞声缙云。

[15] 飞声，名气大扬。

[16] 抃舞，鼓掌而欢跃，嵇康《琴赋》有云："抃舞踊溢。"

深厚的交谊，所以通过《当涂李宰君画赞》，表达了对阳冰为人的颂扬，这是比较自然而合乎情理的事。

李白的六首画赞，提到绘画方面的，无非是"式图丹青""粉为造化""笔写天真""图真像贤""爱图伊人，夺妙真宰"而已。不过其中有一点值得注意，那就是多次提到"真"字。这个"真"字，具有两种含义：一是生活的真实，要用艺术形象的"真"去表现；二是指对象的本真，即对象的精神状貌，艺术就是要用以形写神的要求去表现。在绘画创作上，历来对于"真"是非常看重的。五代荆浩在《笔法记》中便提到了"搜妙创真"，其中还有一段话，专门论及"真"的重要性。荆浩说："……画者，画也。度物象而取其真。物之华，取其华。物之实，取其实，不可执华为实。若不知术，苟似可也，图真不可及也。"对何以为真，荆浩又进一步阐释道："似者，得其形，遗其气；真者，气质俱盛。"说明绘画艺术只要能得

韩熙载夜宴图（局部）
五代　顾闳中（传）
绢本设色
故宫博物院藏

真，不论画人或画山水、花鸟，都能表现出对象的精神实质，使画具内美，经得起观者的推敲与琢磨。李白在《安吉崔少府翰画赞》中，说这幅肖像画，"爱图伊人，夺妙真宰"，无疑是一幅传神佳构。"真宰"而能"夺妙"，这是对画家的高度评价，也是对绘画创作的应分要求。

唐代有名的肖像画家不少。仅据张彦远《历代名画记》载，与李白同时或稍为先后的，就有陈义、殷緻、许琨、法明、李凑、杨升、陈诜、钱国养、左文通、吴道子、卢棱伽、陈闳、韦无纵、朱抱一、曹霸、韩幹、张萱、周昉、殷仲容、周古言、高江、车道政等。这些画家中，有的为帝王写照，有的为豪门图真，有的为功臣画像，也有专为文人传神，甚至为画友画像的。诗人王维就给孟浩然画过像，杨庭光也给吴道子画过像。但是有的画家，例如曹霸，本来受朝廷重视，后来贬为"庶人"，成了民间的画像师。

关于写像，唐代留下了许多人的故事，从中可了解当时对肖像艺术的评价。郭若虚《图画见闻志》载："郭汾阳（子仪）婿赵纵侍郎尝令韩幹写真，众称其善。后复请昉（周昉）写之。二者皆有能名。汾阳尝以二画张于座侧，未能定其优劣。一日，赵夫人归宁，汾阳问曰：'此画谁也？'云：'赵郎也。'复曰：'何者最似？'云：'二画皆似，后画者为佳。盖前画者空得赵郎状貌；后画者兼得赵郎情性笑言之姿尔。'后画者，乃昉也。汾阳喜曰：'今日乃决二子之胜负。'于是令送锦彩数百匹以酬之。"可知对于肖像画，向来重视以形写神，要求达到形神兼备。李白为肖像画写赞所提到的"真"，当是肖像画创作的要谛。汉《淮南子》中有一段话说得很有意思："画西施之面，美而不可悦；规孟贲之目，大而不可畏，君形者亡焉。"为什么说是"君形者亡焉"，高诱注《淮南子》的《说山训篇》说："生气者，人形之君，规画人形，无有生气，故曰君形亡。"《淮南子》的作者及其注者都不是画家，可是他们都谈出了创作肖像的道理。即是说，画像必须要抓"真"，抓"神气"。画家顾恺之早就提到"手挥五弦易，目送归鸿难"，指画人物动作容易，画人物能传神难。这些论述，意味深长。

韩熙载夜宴图〔局部〕〔左〕
五代　顾闳中〔传〕
绢本设色
故宫博物院藏

五、题画佛及其他

金银泥[1]画西方净土[2]变相[3]赞
（并序）

我闻金天之西，日没之所，去中华十万亿刹，有极乐世界焉。彼国之佛，身长六十万亿恒沙由旬[4]，眉间白毫向右宛转，如五须弥山，目光清白，若四海水。端坐说法，湛然常存[5]。沼明金沙，岸列珍树。栏楯弥覆，罗网周张。车渠琉璃，为楼殿之饰；颇黎玛瑙，耀阶砌之荣。皆诸佛所证，无虚言者。

金银泥画西方净土变相，盖冯翊郡秦夫人奉为亡夫湖州刺史韦公之所建也。夫人蕴冰玉之清，敷圣善之训，以伉俪大义，希拯拔于幽涂；父子恩深，用重修于景福[6]。誓舍珍物，构求名工。图金创端[7]，绘银设像[8]。

八法功德[9]（一作八功德水），波动青莲之池；七宝香花[10]，光映黄金之地。清风所拂，如生五音，百千妙乐，咸疑动作。若已发愿，未及发愿；若已当生，未及当生。精念[11]七日，必生其国，功德周极[12]，酌而难明。赞曰：

向西日没处，遥瞻大悲颜。目净四海水，身光紫金山[13]。勤念必往生，是故称极乐。珠网珍宝树，天花散香阁。图画了在眼，愿托彼道场。以此功德海，冥祐为舟梁。八十一[14]劫罪，如风扫轻霜。庶观无量寿，长愿[15]玉毫光[16]。

李白是信道、学道的文人。可是他对于佛教，正如郭沫若所说，"也有相当的濡染"（《李白与杜甫》）。

在唐代，由于净土宗在佛教中影响大，所以在寺院、石窟中画西方净土变相的特别多。敦煌的莫高窟中，唐代的壁画《西方净土变》几乎比比皆是。净土宗宣扬西方阿弥陀佛所居的地方，是一个永远没有痛苦和烦恼的极乐世界。相传唐代的名僧善导法师居长安，在他的主持下，抄写了《阿弥陀经》十万卷，绘制了净土变相数百壁。李白所赞颂的这壁净土变，可能就在当时长安的某寺院中。

西方净土变相是根据《阿弥陀经》或《观无量寿佛经》的内容来画的。所谓"西方净土"，据鸠摩罗什译的《阿弥陀经》云"其土有佛号阿弥陀"，"其国众生，无有众苦，但受诸乐"，又说"极乐国土，七重栏楯，七重罗网，七重行树，皆是四宝，周匝围绕"。净土

[1] 金银泥，见本书正文，此略。

[2] 西方净土，即西方极乐世界。《法华论》云"无烦恼众生住处，名为净"，详载《佛说阿弥陀经》："佛告长老舍利弗，从西方过十万亿佛土，有世界名曰极乐。"

[3] 变相，以可视形象表现之。

[4] 由旬，佛家言，一由旬，合中国十六里。

[5] 湛然常存，言其永无迁坏。

[6] 景福，景，作大解，即大福。

[7] 图金创端，泥金为质地，而以为创始。

[8] 绘银设象，以银代彩色而绘成形象。

[9] 八法功德，《唐文粹》本作"八功德永"，八功德水：一甘、二冷、三软、四轻、五清净、六不臭、七饮时不损喉、八饮已不伤腹。

[10] 七宝香花，七宝能生花，七宝：一黄金、二白银、三水晶、四琉璃、五珊瑚、六琥珀、七砗磲。

[11] 精念，一心不乱。

[12] 周极，无可限量。

[13] 紫金山，《狮子月佛本生经》："遥见世尊，身放光明，如紫金山，普令大众同于金色。"

[14] 八十一，当是"八十亿"。

[15] 长愿，一作长放。

[16] 玉毫光，指观无量寿佛眉间白毛光洁。

中"有七宝池，八功德水，充满其中，池底纯以金沙布地。四边阶道，金、银、琉璃、玻璃合成。上有楼阁，亦以金、银、琉璃、玻璃、砗磲、赤珠、玛瑙而严饰之。池中莲花，大如车轮，青色青光，黄色黄光，赤色赤光，白色白光，微妙香洁"。"常作天乐，黄金为地"，而且"常有种种奇妙杂色之鸟"，"微风吹动，诸宝行树及罗网，出微妙音"，好像"百千万钟音乐，同时俱作"，"彼佛寿命及其人民，无量无边，阿僧祇劫"。竟把它说成好得不能再好的极乐世界。这种天国固然出于幻想，但是幻想的基础，仍然是封建贵族的豪华生活，只是给以加工创造而已。说穿了，在阶级社会中，这对无数被压迫、被剥削的善良信徒们来说，无疑是一种欺骗。就是说，除给他们一点精神安慰外，更多的是加上了精神枷锁。

据李白赞中说，这铺西方净土变相是冯翊郡的一个"善女"，"誓舍珍物，构求名工"，为亡夫湖州刺史韦公所画的。这样的事，唐代很普遍。在今存的唐代石窟壁画上，可看到这一类题榜。如莫高窟三三五窟，是初唐时修建的，东壁上部《说法图》中写有"垂拱二年五月十七日，净信，优婆夷高奉为亡夫及男女见在眷属等，普为法界苍生，敬造阿弥陀、二菩萨兼阿难、迦叶像一铺，妙写真容，相好具足州二圆满为福□□"。又如莫高窟一○七窟，一郡妓女集资开窟，也有题榜，内有云"愿舍贱从良，妓女善和一心供养"等。有的不仅写上题榜，而且还画上"誓舍珍物，构求名工"者的"供养像"。敦煌莫高窟一三○窟，系盛唐时期所修，入口画有高大的乐庭环与其子及夫人王氏与其女的供养像，也是一例。

李白所赞的这铺西方净土变相，在内容上与现今流传下来的唐画西方净土变相大体相同。图中阿弥陀佛居中，做说法状；乐声悠扬中，天女翩翩起舞；鹦鹉、孔雀、仙鹤、迦陵频伽共命鸟，都在弹琴歌唱；飞天在空中散花；化生童子在台前嬉戏；宝池中青莲盛开，华鸭戏水……这一切，都是"敢将净土欺人语，换取沧桑一席谈"。

我国绘画，发展到唐代，水平有了很大提高，"盛唐之画"在古代文化史上占有重要地位。就表现技法而论，无论造型、章法以至色彩、远近关系等处理，都取得了新的成就。从现存的净土变相来看，宏大画面的结构，前所未有。李白所赞的这铺《西方净土变》，以阿弥陀佛本尊为中心，环绕佛本尊的人物，多至数百人，加上各

西方净土变
敦煌莫高窟——二窟
南壁壁画

种建筑与活动场面，构成了一个紧凑热闹、华丽庄严、气象万千的世界。李白所赞的壁画，虽然不存在，可是与李白同时期所画的净土变相，至今还可以看到。莫高窟二二〇窟的南壁，便有初唐时所作的《西方净土变》，富丽堂皇。莫高窟的其他洞窟如八、十二、十五、十八、八五、九二、一一二窟等，都有唐壁画《西方净土变》。有的画师凭着自己的想象，即使在严格的宗教题材里，也塑造出一些为更多人喜欢的形象，特别是优美的舞姿，至今还为艺术家们所借鉴。

李白所赞的这铺壁画，在装饰方面，似与一般的粉图不同。他在题目上点明是"金银泥"，赞中也提到"图金创端，绘银设像"。这可能是"金银泥"画法的由来。据乾隆王琦本《李太白文集》中注："图金创端者，泥金为质地，而以为创始；绘银设像者，以银代彩色而绘成形象。"这与敦煌莫高窟现存唐画《西方净土变》在色彩处理上是不一样的。敦煌莫高窟壁画的用色，有用贵重颜色如黄金、白银、珠粉的，但不是用"泥金为质地"，也不是"以银代彩色而绘成形象"，至多用来勾人像的衣褶，或装饰在珠宝上。在传统的"金碧山水"中，黄金、白银等色只用来勾勒石纹、云霞、水波或宫宇楼阁的某些轮廓。只有在漆画中，至今还保留"金银泥"的画法。在瓷绘中，也有运用此法的。日本的绘画，有所谓"金泥""银泥"的画法。野间清六和谷信一合编的《日本美术辞典》上解释，金泥是"把金色的粉末放在容皿里用胶水和成的一种颜料，宜画线"，也可"画云、画彩霞，在一些画面上广泛地涂刷"。而"银泥"是"用银色的粉末制成，用于写经"。其所谓金泥"在一些画面上广泛地涂刷"，其实就是"泥金为质地"。可见李白所记的"金银泥"画法，在历史上早已传至东洋了。

[1] 寥廓，即虚空之境。

[2] 锦幪，披盖的锦衣。

[3] 鸟爪，《神僧传》记宝志："面方而莹彻如镜，手足皆鸟爪。每行游市中，其锡杖上尝悬剪刀一事，尺一支，麈尾扇一柄。剪刀者，齐也；尺者，量也；麈尾扇者，麈也。盖隐语历齐、梁、陈三朝耳。"

志公画赞

水中之月，了不可取。

虚空其心，寥廓[1]无主。

锦幪[2]鸟爪[3]，独行绝侣。

刀齐尺梁，扇迷陈语。

丹青圣容，何往何所？

志公，即宝志，南朝时有名的僧人。《南史》卷七十六有传，作为"隐逸"者论。内记其事略云：

"时有沙门释宝志者，不知何许人，有于宋泰始中见之，出入钟山，往来都邑，年已五六十矣。齐、宋之交，稍显灵迹，被发徒跣，语默不伦。或被锦袍，饮啖同于凡俗，恒以铜镜剪刀镊属挂杖，负之而趋。或征索酒肴，或累日不食，预言未兆，识他心智（一本作'识之多验'）。一日中分身易所，远近惊赴，所居喧啬。齐武帝忿其惑众，收付建康狱。旦日，咸见游行市里，既而检校，犹在狱中。其夜，又语狱吏：'门外有两舆食，金钵盛饭，汝可取之。'果是文惠太子及竟陵王子良所供养。县令吕文显以启武帝，帝乃迎入华林园。少时，忽重着三布帽，亦不知于何得之……灵和寺沙门释宝亮欲以纳被遗之，未及有言，宝志忽来牵被而去……

"梁武帝尤深敬事，尝问年祚远近。答曰：'元嘉元嘉。'帝欣然，以为享祚倍宋文之年。虽剃须发而常冠，下裙纳袍，故俗呼为志公……天监十三年卒。将死，忽移寺金刚像出置户外，语人云：'菩萨当去。'旬日无疾而终。先是琅琊王筠至庄严寺，宝志遇之，与交言欢饮。至亡，敕命筠为碑，盖先觉也。"

又释氏《指月录》，也载其事，内云："金陵东阳民朱氏之妇，上巳日闻儿啼鹰巢中，梯树得之，举以为子。七岁依钟山大沙门僧俭出家，专修禅观。宋太始二年，发而徒跣，着锦袍，往来皖山剑水之下，以剪尺拂子挂杖头，负之而行。"

以上两则记载，无非说宝志是个异乎常人的和尚，他那神话般的"奇异惑众"，可能是行动诡秘，近乎"神出鬼没"。做事有预感，善于分析人们的心理状态。又说他在市中行走，"恒以铜镜剪刀镊属挂杖，负之而趋"。据有的传说，他在锡杖上悬挂刀、尺，意寓"刀在齐也，尺在量（梁）也"，表示他曾历齐梁诸朝。李白赞中的所谓"刀齐尺梁"，即是此谓。如果是这样，志公是个长寿者。《南史》传中说他宋泰始中"年已五六十"。假定泰始四年（468）为五十五岁，那么到了梁天监十三年（514）志公便有一百多岁。

南京灵谷寺松风阁之西有宝（志）公塔，塔的前边有一方"三绝碑"，中间刻唐代吴道子画的志公像，右侧是颜真卿书李白的志公画赞。清叶奕苞《金石录》补卷十七载："唐志公画像赞，右像吴道

不空金刚像〔局部〕
唐　李真
绢本设色
日本京都教王护国寺藏

子画，李白赞词，颜真卿书。志公即宝志。此碑毁于宣德中，后灵谷寺僧本初以旧榻勒石，去原本远也。石在扬州。"后来南京灵谷寺的这方"三绝碑"，是清代乾隆时法守和尚根据扬州的旧拓本重新镌刻的。关于"三绝碑"，当是后来好事者所为。如果李赞的志公画像，果是吴道子手笔，李白为何不书一字，足见画者并非当时的大名家。《金石录》所载的"三绝碑"，是后人为了使它产生更大的影响，而把诗、书、画的大名家拉在一起的。何况在历史上，吴道子确曾画过志公的像。关于吴道子画志公像，宋米芾在《画史》中提到，"苏轼子瞻家收吴道子画佛及侍者志公十余人"，在苏轼的诗中，也提到他在"长安陈汉卿家见吴道子画佛，碎烂可惜。其后十余年，复见之于鲜于子骏家，则已装背完好"。诗中道："昔我长安见此画，叹息至宝空潸然。素丝断续不忍看，已作蝴蝶飞联翩。君能收拾为补缀，体质散落嗟神全。志公仿佛见刀尺，修罗天女犹雄妍……"

志公画像，历代都有。唐以前有，唐以后也有，唐代自不必说。据说唐武宗灭佛，只要见"寺院宝志像即毁之，唯留民间所画"。五代高文进、宋代陈居中都画过《宝志像》。相传明代的沈硕（宜谦），一再临摹陈居中所画，并题曰"宝志外静内定之图"。又据《佩文斋书画谱》引《金石文字记》载："志公像、志公碑在齐州章邱县常白山醴泉寺中，碑阴有志公像。"惜未言画像者的姓名。

酬张司马赠墨

上党 [1] 碧松烟，夷陵丹砂末。

兰麝 [2] 凝珍墨，精光乃堪掇。

黄头奴子双鸦鬟 [3]，锦囊养之怀袖间 [4]。

今日赠予兰亭 [5] 去，兴来洒笔会稽山。

天宝元年（742），李白从张叔泳司马那里得到了好墨，作诗以谢。这一年春夏间，李白客居东鲁，旋携妻子入会稽，即今之浙江绍兴。

张司马赠李白的墨，未必是"上党碧松烟"，诗人无非以此形容并赞许赠墨之佳。

墨、笔、砚、纸为文房四宝。到了唐代，这"四宝"并重，都

[1] 上党，唐时为潞州，属河东道，今山西长治，产墨出名。

[2] 兰麝，兰香、麝香，皆上等香味。

[3] 双鸦鬟，头上双鬟，色黑如鸦。

[4] 锦囊养之怀袖间，《晁氏墨经》云："凡蓄故墨，亦利频风日。时以手润泽之，时置于衣袖中，弥善。"

[5] 兰亭，在今之浙江绍兴市西南十四公里的兰渚山下。现存建筑和园林是明嘉靖二十七年（1548）后移此重建，1980年曾全面整修。今甚可观。

有了相当的发展。唐代有墨官，如祖敏、刘绍宗都曾任这个官职。相传唐玄宗李隆基喜欢墨，常命宫工以芙蓉花汁调香料作御墨，其中有分赐梨园子弟者，作为画眉之用。唐时又有李慥，所制镇墨称"唐水部员外郎李慥制"，名重一时。李白提到的上党，唐时为潞州，属河东道，即今山西长治。江淹在《扇上彩画赋》中说："粉则南阳铅泽，墨则上党松心。"据《晁氏墨经》载："古用松烟、石墨两种。石墨自晋、魏以后无闻，松烟之制尚矣。"又说："汉贵扶风、隃麋、终南山之松……晋贵九江庐山之松……唐则易州、潞州之松，上党松心尤先见贵。"唐末易州有著名墨工奚超，手艺极高。其子廷珪，继父之业，技亦超群。唐末因北方战乱不止，廷珪随一批富商南来，到了徽州，见那一带地方到处是松林，廷珪有识见，便在歙县定居下来，重操旧业。奚廷珪取黄山之松，汲练江之水为原料，惨淡经营，积极钻研，终于制造出一批"丰肌腻理，光泽如漆的徽州佳品"。而这种佳品，不久得南唐后主李煜的赏识，赐廷珪之姓为李，被呼之为李廷珪，世为墨官，从此"李墨墨名天下闻"。李墨之后，这个地方名墨家辈出。北宋有潘谷；明代有罗小华、程君房、方于鲁；清代有曹素功、汪近圣、江节庵，还有于乾隆年间开设墨庄的胡开文，都是闻名遐迩。所以歙县成为徽墨的发源地，并有"墨都"之称。

在书画艺术上，唐人重墨，记载不少。唐有水墨山水，即所谓"水晕墨章"。也有以墨画巨松，有的专门泼墨，十分注重墨在绘画表现上的效果。张彦远在《历代名画记》"论画体工用拓写"中曾议论："草木敷荣，不待丹碌之采；云雪飘扬，不待铅粉而白；山不待空青而翠；凤不待五色而粹"，则在绘画上，这又如何去表现，张彦远着重地谈到，这完全可以"运墨而五色具"。换言之，只要"运墨"巧妙，竟能达到"不施彩"而有"施彩"的奇效。

墨的品种繁多，有漆烟、桐油烟、松烟；其中又有全烟、净烟之分；有的墨减胶，有的墨加花汁或其他香料。高级的书画墨，有的和天然麝香、梅片、冰片等名贵药材，要求达到"落纸为漆，万载存真"的效果。是故历代文人有爱墨、藏墨、玩墨的风气。唐诗人崔颢，置多种好墨于案，"时时把玩"。李白是诗人，又善书法，岂有不爱好佳墨之理。何况墨可以药用，唐人传奇中多有提到，又

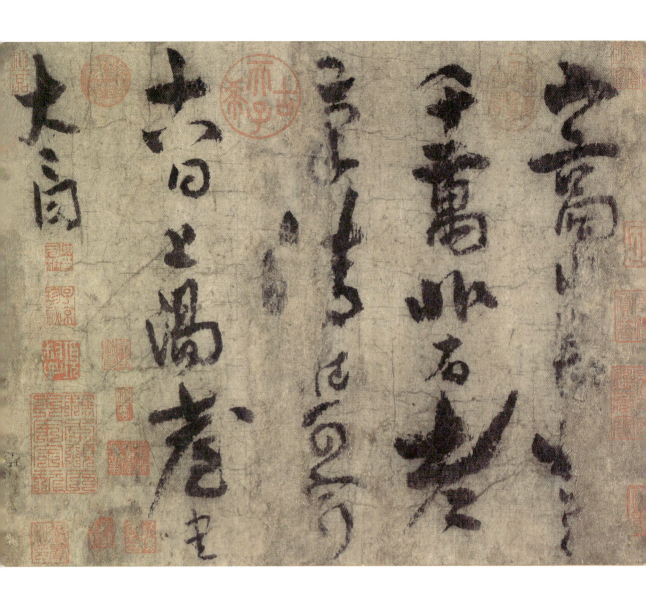

道家炼丹"必用墨作记"。李白学道，身边常带丹砂与麝墨，所以李白爱墨，或非文人寻常之爱墨。至于说到李白书法，历代都有宝藏。《宣和书谱》载，北宋御府藏李白行书《太华峰》《乘兴帖》，草书《岁时文》《咏酒诗》《醉中帖》等五轴；中兴馆阁储藏名贤墨迹一百二十六轴，便有李白的《廿日醉题》和《送贺八归越》诗二轴。对李白的书艺，评者向以为"心使婉转，厚积薄发，不自矜炫，而韵自胜"；又有云"士气溢于行间"，"落笔雄峻铿锵，如兵家之阵，方以为正，又复为奇。方以为奇，忽复是正。出入变化，不可纪极"。黄庭坚在《题李白诗草后》中评论道："白在开元、至德间，不以能书传，今其行草殊不减古人，盖所谓不烦绳削而自合者欤。"

根据这首诗的意味，李白承张司马赠墨之时，或许是其正要南下去会稽之际，他的"今日赠予兰亭去"，可谓诗人自自然然脱口之句，推想赠墨之地即东鲁。又据詹锳先生所考，李白此诗"疑去会稽途中作"，不无道理。

本文至此，由于"散记"，拟再写几句题外话。过去舞台演《高力士脱靴》，李白傲慢地作文，旁有宫侍捧砚磨墨。对此有人撰文，认为唐人只有"研墨"，没有"磨墨"，议论过一时。其实，唐人有"研墨"，也有"磨墨"，戏文演出，并不违背历史事实。我知石墨宜研。石墨即所谓"石黛"，可画蛾眉，唐妇女用，男子也用，不过男子用得少，不叫"画眉"，而称"添眉"。对于妇女来说，石黛是"最后双蛾"的。关于"研墨"，唐人李晔（官至刑部侍郎。杜甫与其相识，有《送李卿晔》诗）有诗，说"信福宫蛾多冻手，墨香细研上妆台"。可知研好这些墨，显然不是给文人作书作画用，而是专门送到妇女的"妆台"上画眉用的。至于文人用墨，大多是"磨"。唐人萧八在裴迪宴会中，赋一诗，内有句云："磨墨移时酒半杯。"可见唐人有以酒代水磨墨之习。这在明清文人画家中也常有之。如清代华希闵，字豫原，康熙举人，家无锡，游历至会稽，"以女儿酒一升磨墨"，致使"画花闻花香"，多年传为佳话。

上阳台帖（左）
唐　李白
纸本墨笔
故宫博物院藏

下编　杜甫论画诗

杜甫诗意图（局部）
宋　赵葵
绢本水墨
上海博物馆藏

一、论画山水

奉先[1]刘少府新画山水障歌

堂上不合生枫树，怪底江山起烟雾。

闻君扫却赤县图，乘兴遣画沧洲趣[2]。

画师亦无数，好手不可遇。

对此融心神，知君重毫素[3]。

岂但祁岳与郑虔，笔迹远过杨契丹。

得非[4]玄圃[5]裂，无乃潇湘翻？

悄然[6]坐我天姥[7]下，耳边已似闻清猿。

反思前夜风雨急，乃是蒲城鬼神入。

[1] 奉先，今陕西渭南市蒲城县，西魏时称蒲城，唐代改称奉先，至宋代又复名蒲城。

[2] 沧洲趣，沧洲，可泛指山水风烟，沧洲趣，指所作山水画障有山水逸隐的情趣。

[3] 重毫素，毫，毛笔；素，作画的绢；重毫素，以书画艺术为重。

[4] 得非，意即真不是。

[5] 玄圃，即县圃，相传为昆仑山上仙人所居之地。

[6] 悄然，不知不觉。

[7] 天姥，在今之浙江绍兴市新昌县东。杜甫年轻时曾到过。

元气淋漓[1]障犹湿，真宰上诉天应泣。
野亭春还杂花远，渔翁暝踏孤舟立。
沧浪[2]水深青溟[3]阔，欹岸侧岛秋毫末[4]。
不见湘妃[5]鼓瑟[6]时，至今斑竹临江活。
刘侯天机精，爱画入骨髓。
自有两儿郎，挥洒亦莫比。
大儿聪明到，能添老树巅崖里。
小儿心孔开[7]，貌得山僧及童子。
若耶溪[8]，云门寺[9]，吾独胡为在泥滓[10]，
青鞋布袜[11]从此始。

[1]元气淋漓，指所画生机盎然。有如天地造化的灵气在流动，令人感到生机勃勃。

[2]沧浪，形容水色清澈，语本《孟子·离娄上》。

[3]青溟，溟为海，海广阔，色青淡。

[4]秋毫末，此指所画景物，刻画入微。

[5]湘妃，传说上古舜有娥皇与女英两个妃子，舜亡故，二妃痛哭，泪珠洒在竹子上，形成斑点，名之为湘妃竹。

[6]鼓瑟，语出《楚辞·远游》，内有句云"使湘灵鼓瑟号"，湘灵即湘妃。

[7]心孔开，即心窍开，灵活之意。

[8]若耶溪，今浙江绍兴市南若耶山下。

[9]云门寺，为绍兴八寺之一，临若耶溪，丛林幽深。

[10]泥滓，指污泥浊水，意即混浊的世上。

[11]青鞋布袜，朴素衣着之喻，山林隐逸者多如此。

杜甫这首诗，作于天宝十三载（754）四十三岁时。当时他在长安无法维持一家生活，不得已将家眷送往奉先寄住。就在这次行旅中，他看到县尉刘单所画的山水新图，写下了这首叙画诗。

　　奉先县尉刘单，唐代宗李豫时官至礼部侍郎。《新唐书》卷一百四十五《杨炎传》中提到他，可知刘单与元载有交。刘有官职，但在绘画上并不出名。他的一家都能画。杜甫为了赞许他，特地引出了前代杨契丹，当代祁岳、郑虔来衬托。杨是隋代画家，与田僧亮齐名，善画人物、佛像、楼阁、车马。祁岳、郑虔与杜甫同时，祁画山水有名，岑参曾为其赋诗，说他"有时忽乘兴，画出江上峰。床头苍梧云，帘下天台松"（《送祁乐归河东》）。郑与杜是知友，能诗善画，唐玄宗赞许他，题字曰"郑虔三绝"，誉满京洛。这些画家的作品，杜甫可能都见到过。

　　"新画山水障"是刘单父子三人合作的。这位"爱画入骨髓"的"刘侯"是主笔，他的老大"添老树巅崖里"，老二则补"山僧及童子"，都是副手。由于老二能画人物，诗人称赞其"心孔开"。

　　在唐代，图画山水障是很流行的。张九龄便有题山水障的诗，说"良工适我愿，妙墨挥岩泉。变化合群有，高深侔自然"。李白《莹禅师房观山海图》诗中，也提到"列障图云山，攒峰入霄汉"。杜甫在这首诗中，说刘侯所画的山水障是"元气淋漓障犹湿"，可知是一件水墨画。相传王维撰写的《山水诀》，提到"画道之中，水墨最为上"。唐末五代初的荆浩在《笔法记》中也提到"如水晕墨章，兴吾唐代"，足以说明唐代已有"水墨画"。在唐人的题画诗中，如皇甫冉题刘方平的山水画："墨妙无前，性生笔先。回溪已失，远嶂犹连。侧径樵客，长林野烟。青峰之外，何处云天。"方干题《观陈式水墨山水》《观项信水墨》等，都可证杜甫记述的这种"元气淋漓"的水墨表现，在唐代绘画中并非独一无二。此外，据《图画见闻志》载，唐陕西人李处士，由于擅长用水墨作画，时人竟称呼他为"水墨李处士"。

　　黄宾虹在八十六岁那年的题画中说"'元气淋漓障犹湿'，唐士大夫画，重于笔醋墨饱，未可以纤细尽之"，说明刘侯的这幅水墨山水画，还是一件大写意的作品。但也有不同的看法。有人以为杜甫从画中见到的"野亭春还杂花远"，显然不是大写意之作，因为要画出远景的"杂花",非细致地表现不可。其实"野亭春还杂花远",这是诗人对画中景色的感觉。像这样的感觉,诗人可以从工笔画中得到,也可以从大写意画中得到。中国传统山水画表现远景,有"迷远"的处理方法。这个方法,重在用墨巧妙。为了表达景色的空间距离,所画景色,要显得若有若无。如苏轼题王晋卿的《烟江叠嶂图》,说是"山中举头望日边,长安不见空云烟",这种"迷远",是给人"空云烟"的感觉。又如林弼(元凯)题郭畀(天锡)的水墨写意《东湖渔隐图》时说,"隔岸轻烟浮动处,芦花隐隐小舟横",诗人于画中所见的"芦花"在"隔岸",又是"隐隐",正说明大写意的"芦花",既"迷"且"远"而仍然有"芦花"的感觉。就这点来说,杜甫诗中的所谓"杂花",与林弼在画中所见的"芦花"是相似的。这种"杂花""芦花"的迷远感,完全可以运用水墨的写意方法表现出来。

诗中关于刘单山水画障中的景物,写得笔简意远,突兀顿挫,忽入"蒲城风雨",忽又"悄然坐我天姥下",不但写出画中的景色,还给人以画外的联想。诗中提到的天姥山,在今浙江嵊州境内。杜甫漫游吴越时,舟行剡溪,曾停泊此山下。在这首诗中,他将此山顺便带出,比较自然。这一带地方,早在晋代,画家戴逵曾隐居于此,并留下王徽之"雪夜访戴"的韵事。

诗中的题咏,是采用"将画作真"的描写手法。刘凤诰在《杜工部诗话》中评论起句"堂上不合生枫树,怪底江山起烟雾",是"奇语惊人"。"堂上"是真境,"枫树""江山""烟雾"是画境,诗人特用"不合"二字作为反衬,更使人觉得画景不平凡。这与李白《当涂赵炎少府粉图山水歌》中的"满堂空翠如可扫"句,可谓功力悉敌。

诗的结构,正如王嗣奭在《杜臆》中所说"前后描写,大而玄圃、潇湘、细而野亭、侧岛、皆沧洲景",并且一面山,一面水,忽而舟舍,忽而人迹出没,既有广度,又有深度,诗境同画境,相间错杂,读来有画中重山复水历历在目之感。明谢肇淛在《五杂俎》中说:"人之技巧至于画而极,可谓夺天地之工,泄造化之秘,少陵所谓'真宰上诉天应泣'者,当不虚也。"其实,以此论诗,亦未尝不可。

诗是寄托作者情思的。这首诗，记叙的尽管是一幅山水画，但仍然充满了作者对社会、对人生的看法。结句"若耶溪，云门寺，吾独胡为在泥滓？青鞋布袜从此始"便是作者看了画障后感情的流露，他开始神往山林隐逸的生活，继而反顾自己，不禁作感慨之叹。杜甫住在繁华的长安十年，功名考不取，官场不能进，加之生活穷困，遭人白眼，所以比较清醒地看出当时社会的混浊，看出社会矛盾的日益加深。他在写了此诗后的第二年，还吟出了"朱门酒肉臭，路有冻死骨"的名句，深刻地揭露了封建剥削制度所造成的罪恶现象。

戏题王宰画山水图歌

十日画一水，五日画一石。

能事[1]不受相促迫，王宰始肯留真迹[2]。

壮哉昆仑[3]方壶[4]图，挂君高堂之素壁。

巴陵洞庭[5]日本东[6]，赤岸[7]水与银河[8]通，中有云气随飞龙。

舟人渔子入浦溆[9]，山水尽亚洪涛风。

尤工远势古莫比，咫尺[10]应须论万里。

焉得并州[11]快剪刀，剪取吴淞[12]半江水。

上元元年（760），杜甫写了这首诗。这时，他的草堂已建就，结束了长安十年流徙的生涯。他的《戏韦偃为双松图歌》及《题壁上韦偃画马歌》等，都在同年作。

王嗣奭的《杜臆》，对此诗评述颇详。他说："题云'山水图'，而诗换以'昆仑方壶图'，方壶东极，昆仑西极，盖就图中远景极言之，非真画昆仑、方壶也。"他又说："中举巴陵、洞庭而东极日本之东，西极于赤水之西，而直与银河通。广远如此，正根'昆仑方壶'来；而后面收之以咫尺万里，尽之矣！中间云、龙、风、木、舟人、渔子、浦溆、洪涛，又变出许多花草来，笔端之画，妙已入神矣！"杜甫的这些描写，正是中国古代山水画的表现特点。方薰《山静居画论》中曾说："读老杜入峡诗，奇思百出，便是吴生、王宰蜀中山水图。自来题画诗，亦惟此老使笔如画。"

中国山水画在传统上的表现特点，可以不受空间透视的局限。

[1] 能事，为事能力充足者。

[2] 真迹，有价值的艺术创作，民间俗谓货真价实者。

[3] 昆仑，昆仑山，我国西部地区大山，传说为神人所居。

[4] 方壶，海上仙山。方丈曰方壶，蓬莱曰蓬壶，瀛洲曰瀛壶。

[5] 巴陵洞庭，在今湖南岳阳市，为我国名湖。

[6] 日本东，指日本的东面。据说，日本二字见于诗中，以李杜之作为最早。

[7] 赤岸，江苏南京六合区有赤岸，又扬州有赤岸，此当是泛指赤色崖岸。

[8] 银河，天上有"银河"，此泛指天空。

[9] 浦溆，大水有小口别通曰浦，溆即浦。

[10] 咫尺，咫八寸，无非指极短的距离。

[11] 并州，今山西太原，以产剪刀闻名。

[12] 吴淞，水名，吴淞江，太湖支流，自吴东北流，经吴江、昆山、青浦、松江、嘉定，合黄浦江入海，江口为吴淞口，谓是长江的咽喉。

所谓"长江万里""华岳千寻"，或"层峦叠嶂，重山复水"，可以任画家根据主题的需要来安排。有些景物，在正常视域内明明是消失的地方，而传统的中国画却可以运用"七观法"作出充分的表现。所谓"七观法"：一、步步看；二、面面观；三、以大观小（推远看）；四、以小观大（拉近看）；五、专一看；六、取移视；七、合"六远"。"七观"中的"步步看""面面观"及"专一看"，是指画家的观察方法。"以大观小"与"以小观大"，不仅是画家的观察方法，而且密切关系到艺术表现。正由于"以大观小"，所以得到远取其势，又由于"以小观大"，所以得到近取其质。两者结合，既可以画山川的大貌，又可以画山川的细部。现在还能见到的唐李思训的《江帆楼阁图》，近则重山密树，远则江帆过往，所画颇得其势，然而，其所表现，山中行人，须眉可见，极目江水，一笔笔的波澜，清晰可数。直令览之者不胜其观。尤其是"合六远"，更把绘画的透视，作了有机的巧合运用。固然，唐人作画，尚无"六远"之说，但在唐人的山水画中，却已具"六远"运用之实（详可参看《中国山水画"七观法"刍言》一文，《中国山水画的特点》，浙江人民美术出版社2024年3月版，第43—70页）。这样，凡在一定视域内难以见到或不能见到的景物，仍然能够在画面上清楚地表现出来。相传吴道子画大同殿，一日之中图嘉陵江三百里风光，这完全是可能的。王宰的这幅《昆仑方壶图》，就是运用突破固定视点局限的一种表现方法，才把东极于日本之东，西极于赤水之西的万里江山充分表现出来。古代流传下来的绘画，像这一类作品不少。如展子虔的《游春图》、李思训的《江帆楼阁图》、荆浩的《匡庐图》、王希孟的《千里江山图》、张择端的《清明上河图》、夏圭的《长江万里图》、宋无款的《琼台仙境图》以及黄子久的《富春山居图》等，都得"咫尺千里"之趣。这些作者，把透视中的平远、高远、深远以至迷远、阔远妥帖地结合在一起，因而画出"一山而兼数十百山之形态、意态"，达到纵深无限、广远无尽，而又自然连绵，直令读者感到"步步有景"，处处怡情。"咫尺应须论万里"，此是画师毫端之巧，也是诗人笔下之妙。换言之，又是中国传统山水画的要求。早在南梁时，萧贲画山水，姚最记其"尝画团扇，上为山川，咫尺之内，而瞻万里之遥；方寸之中，乃辨千寻之峻"。何况经过几个世纪后的唐代，自然有了更大

江帆楼阁图
唐 李思训
绢本设色
台北故宫博物院藏

的发展。

在这首诗中，诗人还提到"翦取吴淞半江水"，这是取用晋索靖的故事。索靖看见顾恺之的画说："恨不带并州快剪刀来，剪松江半幅纹练归去。"李贺《罗浮山人与葛篇》中也有句云："欲剪湘中一尺天，吴娥莫道吴刀涩。"都无非极言对"欲剪"对象爱而不舍之情。

诗中首句说："十日画一水，五日画一石。能事不受相促迫，王宰始肯留真迹。"这是诗人对绘画创作有了深切了解而发出的肺腑之言。诗中的"十日""五日"，指的不是作画的时间，而是要求作画者有细心琢磨和认真落笔的精神。唐文宗时，画家陈式以水墨山水著称，当时方干曾有《陈式水墨山水》诗，内云"立意雪巀出，支颐烟汗干"，这是赞颂作画认真、从容而不苟。岑参有《送祁乐归河东》诗，形象地描绘了祁岳[*]这位画家的性格和作画的认真，诗中有句云："有时忽乘兴，画出江上峰。床头苍梧云，帘下天台松。"这是说，当祁岳"乘兴"创作山水之时，"床头""帘下"都堆满了自己的画稿，不是画那"苍梧云"，便是写那"天台松"。作了一幅又一幅，画了一稿又一稿，因为案头堆不了，只好暂置于床头帘下，甚至是遍地了。试想，这样的勤勉和认真，还不需要"五天""十天"的时日吗？宋易元吉作画，有人说他"十天无语一天画"。画家"无语"之时，亦即凝思苦想之时，这是对艺术创作极端认真的态度。这"十天无语"，往往乐在其中，苦亦在其中。相传黄子久画《富春山居图》，花三四年时间尚"不得完备"。杜甫的"十日"，也是这个意思，这都说明创作需反复思考而"不受相促迫"，这样画出来的作品，才能历千百年而经得起无数收藏家与评论家的一再欣赏与研讨。近代吴昌硕深悟此道，特地刻了一方"十日一水，五日一石"的图章。黄宾虹也刻有"五日石"的白文印。杜老的这句诗，可以作为做一切学问的格言。

王宰，四川人，大历贞元间（766—785）住在成都，与杜甫有交往。《历代名画记》载，他画了不少蜀山景色，被形容为"玲珑窳窆，巉嵯巧峭"。他的风格，张彦远曾作了比较，说王维是"重深"，杨炎是"奇赡"，朱审是"浓秀"，而王宰为"巧密"。王宰的作品，当时被评为"妙品上"，与李昭道、王维并列。

[*] 据钱谦益《钱注杜诗》："朱景玄《唐朝名画录》李嗣真《画录》云……祁岳在李国恒之下。岑参送祁岳诗云云，署者唐仲云，疑即其人。岳之与乐，传写之误也。"据此推断，杜甫诗中的祁岳，即岑参所送的祁乐。——编者注

关于"王宰"名字，历来有两说：一说"宰未必是其名"，乃姓王而官居县令；另一说，"王宰是其名"。当以后说为是。按唐人著作，如张彦远《历代名画记》，朱景玄《唐朝名画录》，都没有提到王宰另有其名，也没有提到他做过县令。而且两书对于唐代画家，都是直书其名，从不以官职相称。所以"宰"非县令，应该不成问题。又杜甫在《彭衙行》诗中，有"故人有孙宰，高义薄曾云"句。这个"孙宰"，有人以为是姓孙的县令，这也未必可靠。据杜诗，他对于当代官职，都是据实记录，称中丞、持节、令、尉、书记等，向不用前代职衔代替。且唐代称令不称宰，所以孙宰不一定是"姓孙的县令"，如果姓孙的是县令，或姓王的也是县令，为什么不写"令"而偏要改称"宰"呢？总之，王宰为人名是无疑的。

附记：唐画复原图之设计

1961 年秋天，我翻阅傅抱石先生编写的《中国古代山水画史的研究》，见其中附有顾恺之的《画云台山记》的设计图，觉得有点道理。于是我想，对李白、杜甫论画诗中提到的山水画，是否也可以搞设想图。就在这一年，傅抱石先生来到了杭州。我就把这些想法，说给他听，他很感兴趣，还要了我草拟的几张"设计图"小样去看。过了几天，我们又见面了。这一次，潘天寿先生也在座。

我设计的小样极简单。早几天，曾给潘天寿先生看过，他有同意的，也有不同意的。这一回在傅先生的客舍里，我们谈得更热闹。由于时间关系，只就李白的《当涂赵炎少府粉图山水歌》与杜甫的《戏题王宰画山水图歌》中所提到的两幅山水画，各抒其见，作了研讨。

李白《当涂赵炎少府粉图山水歌》中所说的"五色粉图"，我的初步设想是直幅的，峨眉山画在近处，表示势高，但地位并不高。下部左边是松树，松下有二人对坐。上部是远山，并见海水、海上有风帆。中间部分，觉得较难处理，没有画上，意在请教傅先生。（如草图一）傅先生看了我的设计图草稿，认为我设想的与诗中所记的大略相符。接着，他提出意见，认为诗中说的"洞庭潇湘""三江七泽"以及"惊涛汹涌"等，都应该画在画面的中心部位。他还说，"洞庭""三江"，都是泛指，倒不必具体地画，对"惊涛"要画

得具体，还要画出它的气势来。又认为松树宜画右边，左边画"喷泉"。傅先生提的意见，不同的一点，在于对峨眉近山的处理，他认为要画得高，"峨眉高出西极天"，要把峨眉山画到顶。当时傅先生用铅笔也勾了一张草图（见草图二）。

　　潘天寿先生则另有一种意见。他认为这幅画应该是"横幅"。主要依据是，诗中有"罗浮直与南溟连"句。他说"连"字，就是"横幅"的画。傅先生笑着请潘先生画幅草图，潘先生用铅笔在一张空白信笺上勾了几笔（见草图三）。傅先生看了看，用钢笔在远处画了三只风帆。潘先生又说：三只风帆应该靠旁边。他把傅先生用钢笔画的风帆勾掉，在画面的右上角添了三只风帆。潘先生还解释，要画"峨眉高出西极天"的峨眉，山顶根本用不着画出来，否则，横幅又要变成直幅了。总之，对于这幅设想图，基本上有着两种不同的意见，我倒希望讨论下去，不意傅先生很风趣地说："百家争鸣，百家争鸣，何必强求一致。"就在这个气氛中，傅、潘两先生不约而同地把话头一转，竟然转到了与此事不相干的另一件事情上。后来，又谈到了北宋王希孟的《千里江山图》。过了一会儿，我把

草图三（上）

草图四（下）

话头拉回到杜甫《戏题王宰画山水图歌》的设计图上，才又谈到了正题。《戏题王宰画山水图歌》的设计草图是我画的（见草图四）。傅、潘两先生看了后，对草图提出了不同意见。例如：潘先生认为近处昆仑山要压低，傅先生则认为没有必要；潘先生认为山上不要画什么，傅先生认为应该画出雪意来。潘先生笑着说："这不是你（指傅）的画，这是杜甫诗中的画。诗中没有提到雪，怎么可以加雪。"

傅先生听了，没有表示可否。此外，两位先生都认为我在草图中所画远处海岛，不宜画屋，只要在中景处，把仙山楼阁充分表现就可以了。最后他们还有一个意见，都认为极远处，即画幅上部，要画一片朱色，表示"日本之东"的日出。不过傅先生认为要把上方的红日画出来，潘先生不赞成，认为只要表现出一片朝霞即可。当时我说，诗中提到"山水尽亚洪涛风"，画上红日，会不会相矛盾。大家沉默了一会儿，然后傅先生说："神州大地，这边冬天那边夏，那边日出这边雨，不矛盾，一点也不会矛盾。"潘先生接腔道："老实说，这是你（指傅）与关山月画人民大会堂那幅画（《江山如此多娇》）的办法。"傅先生回答道："反正我的办法，也是传统中学来的。"谈话至此，来了客人，大家就没有再谈下去。

翌年（1962）暮春，文化部邀请全国一些专家，在杭州审议画史、画论的教材稿。会议之余，我把李、杜诗设计稿的讨论问题告诉俞剑华先生。俞先生则说："不论是昆仑山，还是海上仙山，都是诗人诗中的画，谁知道王宰在画中到底怎么画。杜甫的诗，不像顾恺之写的《画云台山记》。你们方法不对头，搞什么设计图。你们是胶柱鼓瑟，还弹得出好曲子吗？"当天吃晚饭时，俞先生把他的这些话对潘天寿先生也说了一遍。潘先生表示不同意，笑着说："你是多余的顶真，人家写诗，是艺术，我们根据诗意，来个图画上的想象，反正也是艺术上的事，又不是历史考证，有什么胶柱鼓瑟。"俞先生听了摇摇头，不以为然……

而今，这件事过去将近二十年，这几位先生都已作古了。翻阅残存日记，查到了他们的这些对话与争论，历历如昨，觉得还有一点意思，所以把它摘录下来，作为这篇散记的补充。

严公厅宴同咏蜀道画图

日临公馆静，画满[1]地图雄。

剑阁[2]星桥北，松州[3]雪岭东。

华夷[4]山不断，吴蜀[5]水相通。

兴与烟霞会，清樽幸不空。

这是杜甫初入蜀，草堂建成后不久所作。

杜甫的草堂，当时常有一些客人来访。除了当地退职县尉及老书生、老农外，成都府尹严武，曾带小队人马，来到浣花溪访问他。杜甫在诗中也说严武亲携酒馔，"竹里行厨""花边立马"，宾主边饮边歌，使草堂极一时之盛。

杜与严武素有交谊。这首诗便是在762年，杜于"严公厅宴"时，与主人共看《蜀道画图》，分"得空字"韵而作的。

《蜀道画图》是一幅地舆图，与一般的山水画不同。《杜臆》提

[1] 画满，所作之图画，挂满壁上。
[2] 剑阁，四川广元剑阁县北。
[3] 松州，唐置松州，后改为交川郡，今四川阿坝松潘县。
[4] 华夷，指北方与南方。
[5] 吴蜀，指东吴与西蜀。

069

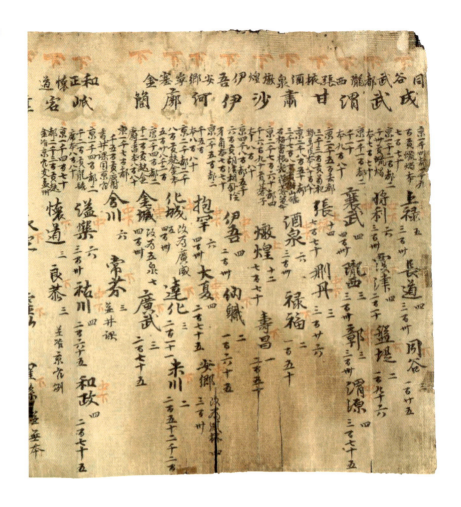

及"此诗三四在地图内，而五六推及图以外"。

关于地图，《尚书·洛诰》载，周公经营洛邑，测量位置后，命人制洛邑图献给成王。到了战国，《管子》对地图已有专门论述，说地图要具备地形、距离、经济等条件。秦代画工烈裔，更能在"方寸之内，画以四渎五岳列国之图"（王子年《拾遗记》）。近年在长沙发掘出来的马王堆三号汉墓，就有湘江、漓江流域图及驻军图，为我国现存最早的地图。东汉时，则有画家张衡绘的《地形图》。魏时，有杨修绘制的《两京图》。西晋时，裴秀作《禹贡地域图》十八篇，在绘制地图史上达到一个新阶段。至南朝宋时，谢庄也善画地形图，《宋书》卷八十五《谢庄传》中说："图山川、土地，各有分理，离之则州别郡殊，合之则宇内为一。"到了唐代，地图的绘制自然更进一步了，从中央到地方，大量编集图经，既绘制地图，表示地理的远近、山川的形势，又写经，作文字的概括说明。我曾见敦煌莫高窟藏经洞内的《唐书地志》残卷，为唐代天资初年写本。残卷高 31 厘米，残长 301.9 厘米。残存部分包括唐初陇右道、关内道、河东道、淮南道、岭南道所属的一百三十八个郡（州、府）六百一十四个县。郡县名旁用朱笔标明等第，卷的背面，前绘紫微垣星图等。杜甫所见的，主要是蜀地的分界图，而且是一幅挂图。

唐人咏地图的诗不少。如任齐的《题华夷图》、曹松的《观华夷图》等。曹诗写道："落笔胜缩地，展图当晏宁……分寸辨诸岳，斗升观四溟。"杜诗中的"剑阁星桥北，松州雪岭东"，便是"分寸辨诸岳"的具体化。"华夷山不断，吴蜀水相通"，前者指南北山脉相连，后者指东西水路通航。杜甫另一首诗中的"窗含西岭千秋雪，门泊东吴万里船"，也是此意。

题玄武禅师屋壁

何年顾虎头[1]，满壁画瀛洲[2]。

赤日石林气，青天江海流。

锡飞[3]常近鹤，杯渡[4]不惊鸥。

似得庐山路，真随惠远[5]游。

杜甫的这首五律，与他的题薛稷画鹤、题姜皎画鹰诗同年作。但写此诗时，杜甫在生活上发生了重大变化。

杜甫入蜀后，建就草堂，结束了长安浪迹的生涯，可是好景不长，这年（762）七月，他的知友成都尹严武被召入朝后，少尹兼御史徐知道叛变，致使杜甫在战乱中流广到东川梓州。"元武禅师屋"在元（玄）武县东，属梓州。这首诗，可能在梓州旅途中吟成。

诗的前两韵是赞画，后两韵由赞画而说到惠远和尚。"何年顾虎头，满壁画瀛洲。赤日石林气，青天江海流。"这是指玄武禅师屋壁上的山水画，好像顾恺之画的那样精彩。（顾恺之是东晋时的大画家。杜甫东游时，在南京瓦棺寺看到过顾的壁画。顾不但是人物画家，而且善画山水，有《雪霁望五老峰图》《秋江晴嶂图》之作）。又提到这铺画既画了青天与江流，也画了石林受赤日照射的情景。可见这是一铺兼工带写的壁画，在唐代绘画中是常见的。

[1] 顾虎头，东晋顾恺之，字长康，小名虎头。

[2] 瀛洲，即瀛壶，海上三仙山之一。

[3] 锡飞，锡为锡杖，此指志飞锡杖与白鹤道人（一作正见道人）斗法之事。

[4] 杯渡，《晋书》载有摩罗什和尚杯度高。又梁高僧传载：宋京师杯渡，不知姓名，常乘木杯渡水，神力卓越，说是世无测其由来。

[5] 惠远，即慧远，晋高僧，本姓贾。幼年好学，博通六经，好老庄学说，中年后出家为僧，太元六年（381）到庐山建立"东林精舍"，讲经说法，并集慧永、道生及刘遗民、宗炳等，于无量寿佛前，誓修西方之净业，以寺侧之方池植白莲，故将组织命名为"白莲华社"。

　　在这首诗中，杜甫用"何年顾虎头"起句。宋时，苏轼作《陈季常所蓄朱陈村嫁娶图二首》，曾效此法，苏诗云："何年顾陆丹青手，画作朱陈嫁娶图。"这里的"陆"，当指陆探微，在中国绘画史上，顾恺之、陆探微和张僧繇，被称为"六朝三杰"。

　　杜诗的末句提到了东晋时的高僧惠远。惠远本姓贾，幼年勤学，工诗，好老庄学说，中年后出家做了和尚。东晋末年，他与惠永、惠持、道生及名儒宗炳、刘遗民、雷次宗等组织了一个"白莲华社"，主张"修西方之净业"，要使自己成为"出世行乐无牵挂"者，在当时有一定影响。社中成员宗炳，字少文，南阳涅阳人，善琴书，好山水，凡他游历的地方，都画了壁画。曾撰《画山水序》，提倡"栖丘饮壑"，要"乐山""乐水"，使自己成为一个"万趣融其神思"的"清高"者。杜甫到梓州，满目兵荒马乱，因此他的愿望，不期而然地落到"庐山路"上，向往"莲社高风"，无非想超脱尘世而求安。他的"真随惠远游"，不过是"无可奈何花落去"，"徒看云影意阑珊"罢了。宗炳在《画山水序》中说的"闲居理气，拂觞鸣

洛神赋图（宋摹本 局部）
晋 顾恺之
绢本设色
故宫博物院藏

琴，披图幽对、坐究四荒，不违天励之藂，独应无人之野"，杜甫在这首诗中虽然没有写出，可是这种意思已有体现了。

杜甫诗中记的是寺观僧房中的山水图。现存敦煌莫高窟的唐画中，就有不少山水画。像杜诗中说的"赤日石林气，青天江海流"那种画境，也可以找到。而且还有大量狩猎、行旅、舟渡等山水图。例如莫高窟三〇三窟中四壁下部的山水图，有四十座山峦，山中有人，更有野兽在奔跑。画高 30 厘米、南壁长 397 厘米、西壁长 359 厘米、北壁长 349 厘米，东壁除进门的位置外，南边长 116 厘米、北边长 124 厘米。这壁山水图若是展开来，即高 30 厘米，全长 1345 厘米，比之现存的宋王希孟的《千里江山图》长卷，还长 153.5 厘米，可谓"满壁画千山"了。当时的寺观、石窟，壁画的内容固然以经变、佛传为主，山水只不过是一种附丽。但就是附丽，也画得非常丰富，何况在僧舍内那种"满壁画瀛洲"的山水图，当然更引起诗人的欣赏并注意了。

山水图（局部）
敦煌莫高窟三〇三窟
北壁壁画

山水图（局部）
敦煌莫高窟三〇三窟
东壁壁画

山水图（局部）
敦煌莫高窟三〇三窟
南壁壁画

山水图（局部）
敦煌莫高窟三〇三窟
西壁壁画

奉观严郑公厅事岷山沱江画图十韵

沱水[1] 流[2] 中座，岷山[3] 到此堂[4]。

白波吹[5] 粉壁，青嶂插雕梁。

直讶松杉冷，兼疑菱荇[6] 香。

雪云虚点缀，沙草得微茫。

岭雁随毫末，川霓[7] 饮练光。

霏红洲蕊乱，拂黛石萝长。

暗谷[8] 非关雨，丹枫[9] 不为霜。

秋成玄圃外，景物洞庭旁。

绘事功殊绝，幽襟[10] 兴激昂。

从来谢太傅[11]，丘壑道难忘。

杜甫入蜀后，是成都尹严武家中的不速客。严武去长安后，杜甫挈眷往阆州，原想沿阆水入嘉陵江至渝州东下，不意途中闻严武复为成都尹兼剑南东西川节度使，便又挈眷返草堂。写这首诗时，杜甫被委任节度使署中的参谋，授职检校工部员外郎，赐绯鱼袋，又成了朝廷的命官。

严武与杜甫都是房琯一党的人，所以严武对杜甫在政治上与生活上都很照顾。杜甫在严府幕中，常和严武一起游乐，或去北池眺望，或去摩诃池泛舟，有时彼此分韵吟哦。这首诗，就是杜甫在严府那里看了岷山沱江画图后，分"得忘字"韵所作的题画诗。

在唐代，有山水诗、山水画，还有专门评论山水画的诗和记山水的文。如柳宗元有"文中有画"之称。《柳宗元文集》卷二十九收载了他记山水的文章十一篇，内《至小丘西小石潭记》有这么一段："从小丘西行百二十步，隔篁竹，闻水声，……伐竹取道，下见小潭，水尤清冽。泉石以为底，近岸，卷石底以出，为坻，为屿，为嵁，为岩。青树翠蔓，蒙络摇缀，参差披拂。潭中鱼可百许头，皆若空游无所依。日光下澈，影布石上，怡然不动，俶尔远逝，往来翕忽，似与游者相乐。"这种山水小品，作者作文如作画，层次多，而又错杂相间。先写耳中的水声，再写石的形状以及潭边树木的秀茂，然后写鱼，又叹鱼"空游无所依"。全文自然流畅，虚中有实，实中有虚，好似染翰挥毫，不齐而齐，乱而不乱。作文如此，作画如此，

[1] 沱水，即沱江，在四川境。

[2] 流，一本作临。

[3] 岷山，《胜域志》谓"岷山连峰接岫，千里不绝"，今四川阿坝松潘县北

[4] 到此堂，一本作"到北堂"

[5] 吹，一本作侵

[6] 菱荇，菱即芰，一年生草本。荇，白茎。皆叶浮于水上，根在水底

[7] 川霓，霓即虹霓，亦作蝀霓。川霓为水上所见的虹霓。

[8] 暗谷，一作谷暗

[9] 丹枫，一作枫丹

[10] 幽襟，沉默而深思。

[11] 谢太傅，晋，谢安，字安石，封建昌郡，赠太傅。少有重名。评者以为"风度秀彻，神识沉敏"，曾隐居会稽之东山，为一代名士。

杜甫论山水画的诗亦如此。岷山、沱江在四川，杜甫看到的这幅画正是蜀川的风光。诗中除"绘事功殊绝"句涉及评画外，其余多就画中景色作了描述。刘凤诰在《杜工部诗话》中说："岷山、沱江画图，一句山、一句水，分写、对写、或远或近、或高或下、或虚或实，或大或小，无不形容刻画。"这首诗的前八韵便是如此。开头讲沱水，接着话岷山；既说岷山的"杉松冷"，又咏沱水的"菱荇香"；写出上有"岭雁"的飞鸣，点明下有"川霓"的翻腾。种种描述，

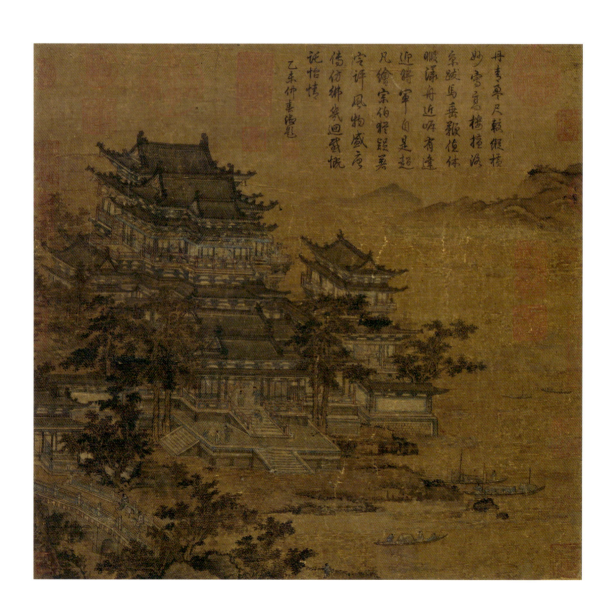

都是画中景色，也是诗人对画图的赞美。很显然，这是对一幅大堂全景山水图的尽情描述。正如闻一多所说："画耶，诗耶，怎能分。"

全景山水图唐以前即有，唐人画得更多。今传李昭道《洛阳楼图》，既画屋宇重叠，又画乔松流水，台榭云阁，石桥平坡，轻舟摆渡，极江云变化之致。这一类山水作品，画得深远、开阔，既可俯视仰视，又得迂回曲折的妙处。"直讶松杉冷，兼疑菱荇香。雪云虚点缀，沙草得微茫"，杜诗描写的这种画境，以虚带实，实中有虚。与杜甫同时的诗人李颀，在听了房琯家中的门客董庭兰弹的胡笳弄后写道"言迟更速皆应手，将往复旋如有情。空山百鸟散还合，万里浮云阴且晴"，当琴声变调时，诗人竟说是"长风吹林雨堕瓦"，真是诗中见画。换言之，中国的传统山水画在这个方面的表现，确具特色。杜甫在这首诗中，对此种特色作了较为详细的记述。

诗的最后，诗人还拉出了谢太傅来比严武。"从来谢太傅，丘壑道难忘。"谢太傅即晋代名士谢安，曾居会稽（今绍兴），说是"出则渔弋山水，入则言咏属文"。杜在诗中拿这位名士比严武，表明他与严武向来是风雅相共的知交。

观李固清司马弟山水图三首

简易高人意[1]，匡床竹火炉。
寒天留远客，碧海挂新图。
虽对连山好，贪看绝岛[2]孤。
群仙不愁思，冉冉下蓬壶[3]。

方丈浑连水，天台总映云。
人间长见画，老去恨空闻。
范蠡[4]舟偏小，王乔[5]鹤不群。
此生随万物，何处出尘氛。

高浪垂翻屋，崩崖欲压床。
野桥分子细，沙岸绕微茫。
红浸珊瑚短，青悬薜荔长。
浮查[6]并坐得，仙老暂相将。

[1] 高人意，一作高人休

[2] 绝岛，指蓬壶仙岛，人迹绝少。

[3] 蓬壶，仙岛

[4] 范蠡，春秋楚人，事越王勾践二十余年，苦身戮力，灭吴后，尊为上将军，他以为很难与勾践共安乐，所以辞去，后经商，成巨富，号陶朱公

[5] 王乔，东汉时河东人，有神术 相传每月朔望，常自县诣台朝帝，帝怪其来时，不见车骑，令太史伺望之。言其临至，辄有双凫从东南飞，于是候凫至，举罗张之，但得一只舄焉，则尚书官属赐履也。或云此即古仙人王子乔也。见《后汉书》本传

[6] 浮查，说尧时，有巨查浮于四海。查上有光，若星月常绕四海，十二年一周

这三首诗作于764年，时杜甫五十三岁，正在严武幕中任职。诗中所题的山水图，当是《海上仙山图》，作者除论画外，还从仙山引出对世事的感慨，颇具老庄的思想。《杜臆》曾对第三首评解道："六句说景，结语说到自身，谓浮查尚宽，可以并坐，仙老肯暂将我去乎？"这确是问到了要眼处。

"范蠡舟偏小，王乔鹤不群。此生随万物，何处出尘氛。"相传王乔有仙术，骑鹤来去太空，可以"经旬不食"，是个"超世"的"奇人"。杜甫羡慕这样的人，并把"不愁思"的原因，归结到"下蓬壶"，认为只要有机会能到蓬壶仙岛，似乎什么矛盾都解决了。可是社会现实并非如此，杜甫一生历尽艰险，想"下蓬壶"，事实上是办不到的，这无非是诗人的一种自慰，也是一种自叹。

三首诗的写法很别致。作者似乎不费什么气力就把书中的景物都点出来了。画中有高山、碧海，山上有云彩，海上有仙岛。沙岸、野桥，随手拈来，跃然纸上。第三首写到高浪、崩崖，陡然以冲劲的笔力来形容。"高浪垂翻屋，崩崖欲压床"，可见画中的山水气势是非常磅礴的。这首诗还带出画外的真景。屋非山水画中的屋，床非山水画中的床。为了形容画中高浪翻腾的气势与崩崖欲压的险境，竟把"高浪"说得要"翻屋"，"崩崖"要"压床"，这比"堂上不合生枫树"更"不合"。在这"不合"之中，把画景与真景糅合起来，不分彼此。这比他在《奉观严郑公厅事岷山沱江画图十韵》中咏的"沱水流中座，岷山到此堂"还要奇，还要有气势。清方薰在《山静居画论》中也提到："自来题画诗，亦惟此老使笔如画。人谓摩诘诗中有画，未免一丘一壑耳。"

作画需要有气势，否则便不生动。杜诗中的"高浪""崩崖"，都是画中的山形水态，所说"垂翻屋""欲压床"，是图画使人感觉到的一种气势。王夫之论画，说"咫尺有千里之势"，妙在有"势"，若是缩千里于咫尺，成了地形图，便无气势可言。苏轼在《书蒲永昇画后》中，也说孙知微画水，"汹汹欲崩屋也"。所以画山水，一定要有"取势"和"布势"。

夔州歌十绝句
（其八）

忆昔咸阳都市合[1]，山水之图张卖时。

巫峡曾经宝屏[2]见，楚宫犹对碧峰疑。

　　这是 766 年，杜甫五十五岁时居于夔州（今重庆市奉节县）山里所写的绝句。共十首，这里选其一。

　　杜甫入蜀后，共存诗一千零九十多首，绝句占百分之十一。"十绝句"写夔州的地理、人情风俗及其所经历的往事。这一绝是杜甫回忆浪迹长安，在咸阳市上见到有人卖画时的情景。

　　绘画作为商品买卖，唐代已是普遍。张彦远在《历代名画记》中就有较详细的记述。

　　唐代自皇室至一般豪富，都有蓄聚书画宝玩的风气，并以储藏古今名家名作为荣。唐初"太宗皇帝特所耽玩，更于人间购求"。当时左仆射萧瑀，以及大臣许善心、杨素等，无不主动向皇帝进献书画。"开元之时，玄宗购求尤多"，并令专人搜访。天宝中，命徐浩为"采访图画使"。在此期间，有的因进献书画而获官爵，有的因向权贵告讦某家有书画名迹收藏，获得赏赉。开元时的商人穆聿，至德时的潘淑善、王昌、田颖、叶丰、杜福、刘翌、齐光等，都因贩卖书画而致富。还有孙方颙，是贞元初专卖书画的商人，他给张彦远家"买得真迹不少"。张彦远是盛唐时代宰相张嘉贞、张延赏和张弘靖的后代，世称他们为"三相张家"。张家世代酷爱书画。据《旧唐书》载，彦远的祖父，家藏之富，可与秘府相比。后来有人妒忌他，向宪宗告密，宪宗"遂降宸翰，索其所珍"，张家惶骇之至，不得已，将所藏精品如"钟、张、卫、索真迹各一卷，'二王'真迹各五卷，魏、晋、宋、齐、梁、陈、隋杂迹各一卷"，还有"顾、陆、张、郑、田、杨、董、展泊国朝名手"等作品合三十卷献出，并上表称颂，才算平了此事。

　　当时的书画家，对于书画收藏要求甚高。《历代名画记》载："凡人间藏蓄，必当有顾（恺之）、陆（探微）、张（僧繇）、吴（道子）著名卷轴，方可言有图画。若言有书籍，岂可无九经三史？顾、陆、张、吴为正经，杨（契丹）、郑、董（伯仁）、展（子虔）为三

[1] 都市合，即通常之所谓都会。

[2] 宝屏，即屏风。有四扇、六扇、八扇不等。可画山水，也可以画花鸟。

史，其诸杂迹为百家"。可知当时的大收藏家，必先争求"正经"，次则求"三史"。这种风气，势必促使大小画家各显其能，还如蔡肇所说，"技艺亦随之而精到"。

杜甫诗中提到的咸阳街市上张卖的山水图，可能是书画铺经营的"百家"作品，有卷轴，也有画屏。这种"张卖"，咸阳既有，那长安、洛阳、成都、扬州等地，不可能没有。这对于书画交流以及艺术创作的互相影响起了一定作用。张彦远所谓更有助于"精通者所宜详辨南北之妙迹，古今之名踪，然后可以议乎画"的议论，是合乎当时实际的。

二、题画松

题李尊师松树障子歌

老夫清晨梳白头，元都[1]道士来相访。

握手[2]呼儿延入户，手提新画青松障。

障子松林静杳冥[3]，凭轩忽若无丹青。

阴崖却承霜雪干，偃盖反走虬龙形。

老夫平生好奇古，对此兴与精灵聚。

已知仙客[4]意相亲，更觉良工心独苦。

松下丈人巾屦[5]同，偶坐似是商山翁[6]。

怅望聊歌紫芝曲[7]，时危惨澹来悲风。

[1] 元都，元即玄，为唐长安朱雀街之玄都观。

[2] 握手，一作握发。

[3] 杳冥，旷远，亦即绝远之处。

[4] 仙客，二说：施鸿保《读杜诗说》以为"仙客指所画松下丈人"。仇兆鳌《杜诗详注》认为，仙客指李尊师，良工指作画者。

[5] 巾屦，巾，头巾，屦即履，足上所穿，巾屦同，意即穿戴相同。

[6] 商山翁，秦末，东园公、角里先生、绮里季、夏黄公，避乱隐居商山，四人皆八十有余，须眉皓白，时称商山四皓。

[7] 紫芝曲，又名紫虚曲，曲调清幽。

758年，杜甫居长安，在肃宗朝中任左拾遗。这首诗写于这一年。

那天清晨，京城朱雀门玄（元）都观的李道士来访，杜甫热情接待。李道士是一个画家。唐宋时有一种风气，书画家每当创作出自认得意的作品，往往请名人题咏。如擅长八分小篆的李潮，就曾请杜甫为其书卷作诗。杜写的诗中有"巴东逢李潮，逾月求我歌"句。李道士之"手提新画青松障"来访，也是有这个用意。杜甫允为题诗。李道士的这幅《松树障》，居然因杜诗的流传而被载入史册。唐人在画上题诗，还见于李邕的六言诗《题画》。说明此时题画风气已开。李诗云："对雪寒窝酌酒，敲冰暖阁烹茶。醉里呼童展画，笑题松竹梅花。"明人新安黄凤池辑《唐诗画谱》，还为此诗请蔡元勋配了画。李邕是书法家，与杜甫同时。既然书法家可以即兴题画，则诗人题画，自无待言。

据《戚氏长物志》载，画障有两种形式，一种比画屏高大，有木架，张画其上，称列障。一种可张挂，画上下"饰之以木干"，略似画轴，可以折叠。李尊师"手提"的画障就属这一种。又据载，列障皆在室内，比较固定，不常移动。可以"手提"的画障，必要时可以挂在户外，移动方便。

"障子松林静杳冥"句，是一般的赞画，"凭轩忽若无丹青"，则不是一般的赞赏了。这是说，看去如真松，令人忘其是画。"无丹青"三字反用，可谓形容已极。白居易题萧悦的画竹，说是"举头

《唐诗画谱》内页
明　黄凤池辑
清绘斋、集雅斋合刊本

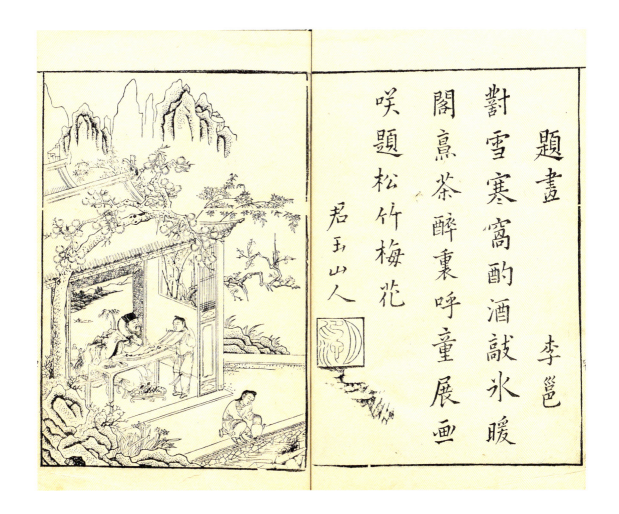

题畫　李邕

對雪寒窩酌酒敲氷暖

閣烹茶醉裏呼童展画

噗題松竹梅花

君玉山人

松下闲吟图
南宋 马远（传）
绢本水墨
上海博物馆藏

忽看不似画，低耳静听疑有声"。这里的"不似画"，也是反语，是说画中的竹子不是画的，与真的竹子一样。这与杜甫所形容的，有异曲同工之妙。

诗中提到"老夫平生好奇古"的"奇古"，包含着几层意思，一是画有创造性，否则无"奇"字可言；二是画具传统的风味，所以有古意。从而透露出李道士的这幅作品，不但有传统的功力，还有他自己的风格特点。关于"奇古"一词，唐、宋人论画，偶有所用，至明、清时发展为"高古"与"奇辟"，还被黄钺在《二十四画品》中列为两品之目。

诗中提到的"仙客"，前人注解有不同的说法。仇兆鳌的《杜诗详注》与杨伦的《杜诗镜铨》，都以为"仙客指李（道士），良工指画者"，还认为"障子非李所画"；施鸿保在《读杜诗说》中，则认为仙客指松下丈人，良工指李道士。从诗的通体细看，《松树障》的作者是李道士，诗中的仙客也是指李道士，"松下丈人"则是指画中的人物。这个人物当是诗人根据自己的想象，比作"似是商山翁"。肃宗之时，朝野政事多变，社会上还有兵荒马乱的景象。杜甫看到这幅画，感到李道士有一种"无为而又有为"的心情在画中流露，所以借汉代的商山老人来点明其心情。为了说明画家立意的深湛和巧妙，更称赞其为"心独苦"。这幅画，尽管它的画题被称为"松树"，实则其意却落在松下的人物上。如果说，这幅作品可以归作山水画类，则画中松下的丈人，无非是这幅山水画中的点景人物。在中国传统绘画中，点景人物在画中，就地位而论，不一定重要，可是一局画的题意，往往决定于这几个"小人物"身上。如传为展子虔画的《游春图》，传为唐画的《春山行旅图》，又如五代关仝的《山溪待渡图》，以至宋巨然的《秋山问道图》等，无不如此。李道士的这幅《松树障》，也是这样。

戏韦偃为双松图歌

天下几人画古松？毕宏[1] 已老韦偃[2] 少。

绝笔长风起纤末，满堂动色嗟神妙。

两株惨裂苔藓皮，屈铁[3] 交错回高枝。

白摧朽骨龙虎死，黑入[4] 太阴雷雨垂。

[1] 毕宏，河南偃师人，善画松，落笔纵横，皆变易前法，自有创意。

[2] 韦偃，京兆人，寓居四川，韦鉴之子，父子善画马，亦画山水、竹、树、人物。

[3] 屈铁，指松枝屈曲如铁。

[4] 白摧、黑入，王嗣奭《杜臆》云："白摧一句言画之枯淡处，黑入句，言画之浓润处，此联超迈奇古。"仇兆鳌《杜诗详注》引《唐诗记事》，说汤文圭《九华雨吟》云："雷劈老松疑虎怒，雨冲阴洞觉龙腥'，与此诗白摧朽骨二句，奇崛相当。"又有解云："皮裂，干之剥蚀如龙虎骨朽；枝回，故气之阴森如雷云下垂。"

松根胡僧憩寂寞，庞眉[1] 皓首[2] 无住著[3]。

偏袒右肩露双脚，叶里松子僧前落。

韦侯韦侯数相见，我有一匹好东绢[4]。

重之不减锦绣段，已令拂拭光凌乱。

请公放笔为直干。

这是一首对韦偃画松的赞诗，作于760年。正如王嗣奭在《杜臆》中所评："老者已衰，少者方盛，是推偃之松为天下第一也。"

韦偃（一作鹨），长安人，长居四川，有名的畜兽画家韦鉴，是他的父亲。韦偃擅长画松，张彦远在《历代名画记》中说："俗人空知鹨（偃）善马，不知松石更佳也。"又说他画松"咫尺千寻，骈柯攒影、烟霞翳薄、风雨飕飕、轮囷尽偃盖之形、婉转极盘龙之状。"韦偃还画人物鞍马，元代鲜于枢看了他的《红鞯复背骢马图》说"韦偃画马如画松"，这是叹其运笔劲健有力。

在这幅画中，韦偃画了"庞眉皓首"的胡僧在松下小憩。胡僧被画得委顺自然，袒着右肩，露着双脚，悠闲之至。

杜甫这首诗，意不在评画中的胡僧，而在对韦偃画中双松的赞扬。

"两株惨裂苔藓皮，屈铁交错回高枝。白摧朽骨龙虎死，黑入太阴雷雨垂。"这是全诗描写的中心点。后人对此多有论述。陈式在《问斋杜意》中说："苔藓皮特加'惨裂'，以见皮之古；回高枝特加'屈铁交错'，以见高枝之古。四句总成其为古松之画也。"这是分解其题意。又王嗣奭《杜臆》引《杜诗通》云："'白摧'一句，

[1] 庞眉，一说眉粗而浓，一说眉有黄白二色。

[2] 皓首，发白为皓首。

[3] 无住著，委顺自然，不着痕迹。

[4] 东绢，指关东绢，可作画。

言画之枯淡处，'黑入'句，言画之浓润处。"对此，刘凤诰在《杜工部诗话》中加以发挥，作了详细的论述："……点明两株，即状其皮裂，玩其枝回。""盖皮裂则干已剥蚀，故以龙虎骨朽拟之；枝回则叶自阴森，故以雷雨下垂拟之。曰'白摧'，摹画枯淡处；曰'黑入'，摹画浓润处。"这确是的论，把画境诗意都说得明明白白。近人则有以"白摧""黑入"句论画者，如黄宾虹在一幅山水画中题道："白摧龙虎骨，黑入雷雨垂。杜陵妙论画，参澈无声诗。"这种说水墨画具有黑、白、枯、湿等对比特点的论述，道出了水墨画的紧要处。中国画的表现特点之一，是用墨。墨在画面上的变化，会出现各种不同的艺术效果。黑与白，浓与淡，干与湿，焦与润，这些都是对立的。在表现时，愿将这些矛盾对立妥帖地统一在画面上，使其达到黑中见白，白中见黑；浓中有淡，淡中有浓；或干里带湿，湿中留干。如一幅画图，全是淡，便觉无味，全是黑，便觉恶浊。诗中提到"黑入""白摧"，提到"朽骨""太阴"，又提到"龙虎死""雷雨垂"，都是画中墨色变化给予观者的形式感。正因为这样，韦偃画的松，博得了"满堂动色嗟神妙"。

固然，由于韦偃双松画得妙，才引出诗人的这番议论。然而诗人的这番议论，由于说得精辟，也成为可贵的艺术遗产。仇兆鳌的《杜诗详注》引《唐诗纪事》中，提到殷文圭的《九华贺雨吟》："雷劈老松疑虎怒，雨冲阴洞觉龙腥。"这与杜诗的"白摧""黑入"二句，奇崛相当，为历代文人所传颂。

又韦偃画此双松，当以屈曲见奇。诗人十分嗜画，还嫌不足，想再要一幅，所以篇终说"我有一匹好东绢"，"请公放笔为直干"。刘凤诰在《杜工部诗话》中说："匹绢幅长，当足尽韦之能事。难之乎？抑进之乎？要之，非精画理者不能道。"特别是画松，不同于画竹，也不同于画梅，诗人特用"放"，足见杜老是绘画者的真知。

杜甫在这首诗中，还提到了毕宏。毕宏是唐代有创造性的画家，河南偃师人，天宝时任御史，大历二年为给事中。以画山水、松石著名一时。张彦远在《历代名画记》中说他"树木改步变古，自宏始也"。他活动于天宝至大历间，杜甫作此诗时，毕宏六十多岁，比杜甫大十岁左右。韦偃年龄比杜甫轻，所以杜甫说："毕宏已老韦偃少。"毕宏、韦偃生卒的准确年份，尚待进一步查考。

三、评画鹰、鹤

画鹰

素练[1]风霜起[2]，苍鹰画作殊。
㧐[3]身思狡兔，侧目似愁胡。
绦旋[4]光堪摘，轩楹势可呼。
何当击凡鸟[5]，毛血洒平芜[6]。

杜甫自言七岁开始写诗，见其存稿，则以二十九岁写的《登兖州城楼》与《望岳》为诗集的开卷之作。这首《画鹰》，是杜甫三十岁时所写，是他现存论画诗中最早的作品。

唐诗歌颂鹰、鹘的不少。这首诗的真意，不在赞画，无非借画鹰抒发他年轻时代的"抱负"。"何当击凡鸟，毛血洒平芜"，是他内心思想的一种流露。

画中的鹰，被写得真切生动，气势不凡。浦起龙在《读杜心解》中说，"'㧐身''侧目'，此以真鹰拟画，又是贴身写。'堪摘''可呼'，此从画鹰见真"。仇兆鳌注杜甫诗时还说："曰㧐曰侧，摹鹰之状；曰摘曰呼，绘鹰之神。"更为可贵的是，这首诗还给人许多画外的联想。

唐代画家中，如吴道子、姜皎、白旻、冯绍正、梁洽、贝俊、刁光胤、边鸾、裴辽等，都善鹰、鹫，至五代，郭乾晖、郭乾佑兄弟善画鹰鹘，画史上有"薛（樱）鹤郭鹞"之称。相传郭乾祐画鹰隼，"使人见之则有击搏之意"（《宣和画谱》卷十五）。杜甫所描述的这幅"架鹰式"的"鹰图"，在现存宋画及明清摹本中都可以见到。近人齐白石、于非闇等也有这一类的鹰图。

画鹘[7]行

高堂见生鹘，飒爽动秋骨。
初惊无拘挛[8]，何得立突兀[9]。
乃知画师妙，功刮[10]造化窟。
写作神俊姿，充君眼中物。
乌鹊满樛枝，轩然恐其出。

[1] 素练，指作画用的绢素。

[2] 风霜起，形容画鹰威猛，令人忽起肃之感。

[3] 㧐，同竦，耸立貌。

[4] 绦旋，绦，丝绳的一种；镟，金属转轴，都作为系鹰之用。

[5] 凡鸟，一般的鸟雀。

[6] 平芜，指平坦的草地上。

[7] 鹘，又名隼，猛禽类，与鹰相近，猎者饲之，使其助捕鸟兔。

[8] 拘挛，犹拘束。

[9] 突兀，高貌。

[10] 功刮，一本作"功到"。

临御鹰图
于非闇
绢本设色
北京画院藏

侧脑看青霄，宁为众禽没。

长翮如刀剑，人寰可超越。

乾坤空峥嵘，粉墨且萧瑟。

缅思[1]云沙际，自有烟雾质。

吾今意何伤，顾步独纤郁[2]。

　　鹘，又名隼，是一种猛禽。形与鹰相近。唐代猎者多饲之，以捕鸟击兔。

　　此诗，是杜甫四十七岁时作。这年，他以疏救废相房琯获罪，被肃宗贬至华州（陕西华阴市），任司功参军。这是管理地方祭祀、学校、选举等杂务的小官。政治地位降落后，生活也起了极大变化。他到华州时，正是早秋苦热天气，白天苍蝇扑面，夜里毒蝎出没，而且文书堆案，搞得他累极了。他心境很不安宁，"遇事感慨多"，甚至要"束带发狂欲大叫"。

　　这一年，在他还未离长安时，有一天，经过城南滀水滨，听山农讲述白蛇上树咬死小鹰，忽遇俊鹘飞来报仇的故事，回去就写了一首《义鹘行》。据杜甫自己说，那是为了"用激壮士肝"。这首《画鹘行》，则是以写画鹘，抒发其"纤郁"之情。杜甫一方面赞美鹘画得"神俊"，说画师"功刮造化窟"，使"满樛枝"的"乌鹊"都感到"恐其出"；另一方面，又借画鹘之不能飞出而"伤"自己的困境。所以说："吾今意何伤，顾步独纤郁。"封建时代的士大夫，得意时忘形，失意时消沉，杜甫有时也不能例外。

姜楚公[3] 画角鹰[4] 歌

楚公画鹰鹰戴角，杀气[5]森森到幽朔。

观者贪愁掣臂[6]飞，画师不是无心学。

此鹰写真在左绵[7]，却嗟[8]真骨遂虚传。

梁间燕雀休惊怕，亦未抟空上九天。

　　姜楚公即姜皎（皎）。据《唐书》记载，姜秦州上邽（今属甘肃天水秦安县）人。祖父确，唐初时迁将作少匠。姜皎性机灵，当玄宗为太子时，"皎识其有非常度，委心焉"。及玄宗即位，皎得以

[1] 缅思，想得开又想得远。

[2] 纤郁，心如丝之郁结而发愁。

[3] 楚公，姜皎，泰州上邽人，开元初住殿中任中监，封楚国公。

[4] 角鹰，猛禽，鹫的一种，营巢于高树上，捕食小动物。又据《埤雅》："鹰鹘项有角毛微起，通谓之角鹰。"

[5] 杀气，见《杜臆》："杀气到幽朔，乃安史反地，时尚未平，故云。'贪愁'二字合用妙。贪其入臂，又愁其掣臂而飞也。'画师不是无心学'，但不能学耳。形容佳画，止于夺真，而穷工极变，如'高堂见生鹘，飒爽动秋骨'，奇矣，'却疑真骨遂虚传'，愈出愈奇。"

[6] 掣臂，掣，牵曳，言鹰于臂上牵曳着。

[7] 左绵，今四川绵竹，当时产鹰。

[8] 却嗟，一本作却疑。

"出入卧内，陪燕私，诏许舍敬"，并"赐宫女、厩马及它珍物，前后不胜计"。开元初任殿监，又封楚国公。开元五年（717），"下诏放田里，使自娱"。也就在这段时间，皎潜心画事，"专画鹰、雀之类，极生动之致"。

杜甫写此诗，年五十一，姜皎已不在人世。有人说："姜与杜颇有交谊，故赠之以画鹰"，不知何据。考姜皎于开元十年（722）病故时，杜甫还只有十岁，所以说杜甫与姜皎"颇有交谊"是不确切的。

这首诗的前六句写姜皎画角鹰的精妙。"此鹰写真在左绵，却嗟真骨遂虚传"，言真鹰不及画鹰，真鹰成了朽骨，画鹰倒反保存下来，使"千载寂寥，披图可鉴"。宋诗人陆放翁在《题拓本姜楚公鹰》诗中也提到，"海陵俊鹘何由得，空看绵州旧画鹰"，虽然是"空看"，但总要比"何由得"来得实在，而且"海陵俊鹘"依旧靠"画鹰"而得传。

杜甫题这幅角鹰图，出于自己的想象，如"杀气""到幽朔"，又如"贪愁""掣臂飞"，以及最后两句"梁间燕雀休惊怕，亦未抟空上九天"等，都非画中形象。诗人见到鹰的凶猛，故有"杀气"之感，同时也联想到那时未平息的安史之乱，因此发出"杀气森森到幽朔"之叹。唐代安史之乱，起天宝十四载（755），迄广德元年（763），历时九年。"幽朔"一带竟无安宁之处，这是由于安庆绪（禄山子）败退河北造成的。而后史思明据魏州（今河北邯郸大名县）反，与安庆绪据邺（河北邯郸临漳县南、河南安阳北）遥为声援，使李唐统治集团大恐，派郭子仪、李光弼、李焕等以步骑二十万围邺。混战之时，生民涂炭，死伤万计。当邺城被围时，城中食尽，一鼠值钱四千文，兵士到处抢掠，百姓衣服被剥，竟有用纸蔽体的。这些情况，杜甫当年从洛阳回华州途中，可能都有所闻。杜甫居蜀中，战乱尚未休止，故作此诗以发兴，又借画鹰而悲时。

姜皎画中提到的这种角鹰，唐人饲养起来作狩猎之用。陕西乾县发现的唐章怀太子墓，墓道东壁画狩猎出行图，其中就有一骑者带着角鹰。由此可见，姜皎所画角鹰，反映了当时的一种习俗。

观薛稷少保书画壁

少保有古风，得之《陕郊篇》[1]。

[1] 陕郊篇，薛少保前有《秋日还京陕西十里作之诗》，所以在这首诗中提到。

089

惜哉功名忤[1]，但见书画传。

我游梓州东，遗迹涪水边。

画藏青莲界，书入金榜悬。

仰看垂露[2]姿，不崩亦不骞[3]。

郁郁三大字[4]，蛟龙岌相缠。

又挥西方变[5]，发地扶屋椽。

惨澹壁飞动，到今色未填。

此行叠壮观，郭薛[6]俱才贤。

不知百载后，谁复来通泉。

通泉[7]县署屋壁后薛少保画鹤

薛公十一鹤，皆写青田[8]真。

画色久欲尽，苍然犹出尘。

低昂各有意，磊落如长人。

佳此志气远，岂惟粉墨新。

万里不以力，群游森会神。

威迟白凤态，非是仓鹒邻。

高堂未倾覆，常得[9]慰嘉宾。

曝露墙壁外，终嗟风雨频。

赤霄[10]有真骨[11]，耻饮洿池津。

冥冥[12]任所往，脱略[13]谁能驯。

[1]功名忤，功名忤，即考功名时受到忤折，不顺利。

[2]垂露，汉曹喜，字仲则，工篆隶，变悬针垂露之法，后世世不易。

[3]骞，亏损之谓，《诗经·小雅》谓"不骞不崩"。

[4]三大字，指薛稷所书"慧普寺"三字。

[5]西方变，即《阿弥陀经》西方极乐净土变相。

[6]郭薛，郭指郭元振；薛指薛稷。杜甫在成都梓州之间奔走时，曾访陈子昂、郭元振和薛稷的故迹，对他们表示敬仰。

[7]通泉，世传郭元振与薛稷，"旧为同舍，后又会于通泉"，故诗人以此发兴。

[8]青田，相传晋时，青田有双白鹤，年年生子，子长大便去，只余父母，精白可爱，人皆以为神仙所养。

[9]常得，一本作幸得。

[10]赤霄，赤日在云霄谓之赤霄，或形容飞翔得高。

[11]真骨，正直磊落谓之真骨。

[12]冥冥，昏晦之谓，或言"蔽人目明，今无所见也"。

[13]脱略，纵任不受拘束。

薛稷，字嗣通。《唐书》有传。景龙末年（709）为昭文馆博士，官至太子少保礼部尚书，睿宗时封晋国公。他与画鹰的姜皎一样，都是贵族出身。他的外祖父魏徵是太宗时的名臣，家中收藏了很多书法名画，这使薛稷得以观摩学习，受益不少。

薛稷画鹤最有名，画史有"薛鹤"之称。至北宋时，宣和殿收藏他的《啄苔鹤图》和《顾步鹤图》各一幅，及其他"鹤图"五幅。薛稷也画人物、树石、鸟兽。当时的京城长安、东都洛阳及西蜀成都等地，都有他作的壁画。

在这两首诗中，杜甫既赞美了薛的书画，也申述了自己暮年的不得志。在《观薛稷少保书画壁》中，杜很赏识薛稷的才学，可惜他没有得到当权者的重视，所以说"惜哉功名忤"。这是讲薛稷，也是讲自己。米芾《画史》中说："杜甫诗谓薛少保：'惜哉功名忤，但见书画传。'甫老儒，汲汲于功名，岂不知固有时命？殆是平生寂寥所慕。嗟乎！五王之功业，寻为女子笑。"杜老不会想到在他论诗后三百多年，竟有人对他作如此的评论。

这两首诗，是杜甫五十一岁时所写。那时杜甫为了衣食，不时奔走成都、梓州间，但只有射洪、通泉一行，才怀着崇敬的心情去凭吊郭元振、陈子昂和薛稷的故迹。

通泉县"鹤图"中的十一只鹤，各有低昂的意态，竟引出了诗人的长叹。他说："赤霄有真骨，耻饮洿池津。冥冥任所往，脱略谁能驯。"这是一种空想，是不能实现的。那时，士大夫要想"脱略""清高"，只不过是一句口头禅，无非说给旁人听听，也用以自慰罢了。"天下尚未宁，健儿胜腐儒"，这倒是杜甫明白时务的心里话。

簪花仕女图〔局部〕
唐　周昉
绢本设色
辽宁省博物馆藏

鹤的题材，向为画苑所重，尤其在民间，画鹤更多。唐代在薛稷之后，如冯绍正、蒯廉、程凝、陶成等，俱善画鹤。至五代，西蜀花鸟画家黄筌画鹤也很有名。《图画见闻志》引用民间谚语说："黄筌画鹤，薛稷减价。"黄筌应蜀主之命，"写六鹤于便坐之殿，因名六鹤殿"，于是画鹤之风，流行一时。此后画鹤，代有名家。郑绩《梦幻居画学简明》"论水禽"中说："鹤为仙禽，能运气多寿，性高洁，不与凡鸟群。行依洲渚，少集林木，虽曰栖松，原为水鸟"，"朱顶赤目，红颊青脚，尾凋膝粗，白羽黑翎"，"至美至善"。他的叙述，虽未讲出画鹤的道理，但于此可知画家对于鹤的形象，向来是非常赞赏的。

《观薛稷少保书画壁》一诗，内有"又挥西方变……到今色未填"句。关于"到今色未填"，有人认为"颜色剥落，使人感到似乎未有填彩那样"，这是曲解。其实"到今色未填"，是指壁画原来未填彩。按唐代壁画，"到今色未填"的不乏其作，现存敦煌莫高窟的唐画中，即有此类"色未填"的壁画。如一○三窟唐画《维摩诘经变》中维摩，有一部分就是"色未填"；还有如五十二窟窟顶千佛，也只是勾好线，除了衣服，其余部分"色未填"。又见记载，如张彦远《历代名画记》中提到，"菩提寺佛殿……有杨廷光白画""慈恩寺大殿东廊从北第一院，郑虔、毕宏、王维等白画"，"宝应寺，多韩干白画，亦有轻成色者。"这里说的白画，就是只用墨笔勾线，不填彩色。可知杜甫所论的这铺《西方变》，属于原来未填色彩的画图。这与他在通泉县见到"画色久欲尽"的"鹤图"是不同的。"鹤图"是原来设色，后因年久而色褪。所以说"色未填"与"色欲尽"是两种情况，不是一回事。

薛稷不但是画家，而且是书法家。当时曾流行"买褚得薛，不失其节"的说法。张怀瓘《书断》评其"书学褚（遂良）公，尤尚绮丽媚好，肤肉得师之半矣。可谓河南（褚）之高足，甚为时所珍尚"。从杜诗"郁郁三大字"中得知，薛稷为慧普寺亲笔题名，用的是"垂露体"，为观者称颂。《舆地纪胜》中也记载"薛稷书慧普寺三字，方径三尺，笔划雄健"，向为书苑所珍重。

竹鹤图（左）
明　边景昭
绢本设色
故宫博物院藏

出猎角鹰图（右）
乾县唐章怀太子墓壁画

杨监又出画鹰十二扇

近时冯绍正，能画鸷鸟[1]样。

明公出此图，无乃传其状。

殊姿各独立，清绝心有向[2]。

疾禁千里马，气敌万人将。

忆惜骊山宫，冬移含元仗。

天寒大羽猎，此物神俱王。

当时无凡材，百中皆用壮。

粉墨形似间，识者一惆怅。

干戈少暇日，真骨老崖嶂。

为君除狡兔，会是翻韝[3]上。

　　766年，殿中杨监赴蜀去见杜鸿渐，道经夔州，碰到了杜甫，出示了张旭的法书后，又出示十二扇鹰画。杜看后写了这首诗。

　　杨监收藏的十二扇鹰画，是冯绍正手笔。冯在开元初任职少府监，后升户部侍郎。相传冯"善画龙水"，更喜画鹰、鹘、鹤、鸡、雉。《明皇杂录》中说他画龙最生动。相传开元间某年，天大旱，冯应玄宗之命，在龙池宫殿四壁画了四条龙，许多官员围着看，设色未了，就有一条白龙从壁上飞了出来，钻入龙池，顷刻波涛汹涌，雷电交作，大雨滂沱。这个故事虽属子虚，但编造得很生动，无非用来称赞冯有惊人的画艺。

　　杜在这首诗中，借画鹰而发泄伤时之感。王嗣奭《杜臆》中说："公赋鹰马，必有会心语，此则'清绝心有向'是也。'识者一惆怅'，无限感慨，虽奇才异能，用之有时。如今干戈少暇日，则真骨老于崖嶂矣！"这段话，点到了杜甫当时内心的痛痒处。

　　"疾禁千里马，气敌万人将。忆惜骊山宫，冬移含元仗。天寒大羽猎，此物神俱王。当时无凡材，百中皆用壮。"这是从画鹰而联想到开元野外射猎时的"盛况"。如同他写八首"秋兴"一样，都是身在夔州而心往长安。当杜甫看到十二扇鹰画时，唐代的"盛况"已经过去，所以使这个善感的"儒生"面对"粉墨形似间"的老鹰形象，产生了"真骨老崖嶂"的不胜慨叹。诗是托兴之言，这首诗主要托在痛惜自己的"人才被埋没"处。

[1] 鸷鸟，凡性猛之鸟称鸷鸟，如鹰、鹘、雕、鸦之类。

[2] 心有向，一本作心有尚。

[3] 翻韝上，一本作飞韝上；韝，臂衣，此即谓鹰腾上猎人的臂衣上。

　　诗中提到"天寒大羽猎，此物神俱王"的情景，在近年发掘出来的乾县唐代章怀太子和懿德太子墓的壁画中，都有此种作品。当时皇家或豪门出猎，都带有久经训练的矫健猎鹰。相传岐王李范畜有"北山黄鹘"，申王李㧑畜有"高丽赤鹰"与"青瑶鹘"。这些猎鹰，都有专人饲养。在懿德太子墓第二过洞东壁，画两个男侍，各养一鹰，状极生动，便是当时皇家养鹰之一瞥。有的饲养了好鹰，或见有好鹰，还去请人作画或赋诗。杜甫就说过，有一位王兵马使，因得黑白二神鹰，请他"赋诗"。有一位何总监，得白鹰，以其"碧眼有神"，特请画家绘图。也有画家专画鹰鹘，售予贩卖猎鹰者作为广告的。

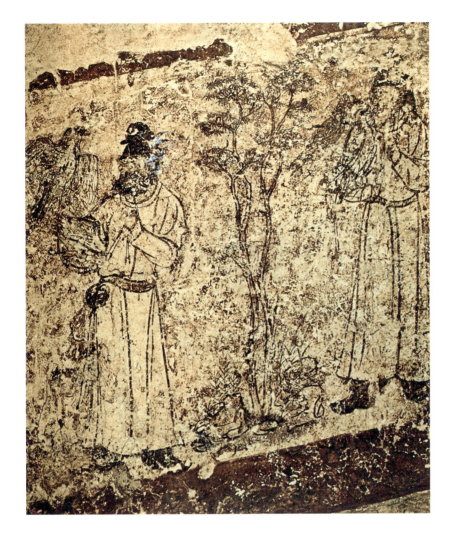

狩猎图（左）
乾县唐章怀太子墓壁画

架鹰图（右）
乾县唐懿德太子墓第二过洞
东壁壁画

　　杜甫在诗中，提到了"粉墨"，这与"水墨"不同。据唐人画迹，粉墨一是墨画中加粉彩，二是以粉彩打底，然后勾墨线。诗中提到"粉墨形似间"，或许指后一种画法。现存宋人画的《白鹰图》，以粉彩画鹰体，再在粉色中染以淡墨、淡彩，从而区分羽毛及各部分层次。这种传统的表现方法，远在汉代已运用。

　　诗中提到"近时冯绍正，能画鸷鸟样"这个"样"字，说明冯画鸷鸟具有自己的风格特点。唐代称吴道子画为"吴家样"，称周昉画为"周家样"，称曹元廓为"诏命元廓画样"等。唐代绘画比较发达，各种流派开始形成，所谓"样"，就是流派开始形成的一种尊称。

粉鹰图
宋 佚名
绢本设色
炎黄艺术馆藏

四、题画马

天育骠骑歌 [1]

吾闻天子之马走千里，今之画图无乃是。

是何意态雄且杰，骏尾萧梢 [2] 朔风起。

毛为绿缥两耳黄，眼有紫焰双瞳方。

矫矫龙性合变化，卓立天骨森开张。

伊昔太仆张景顺 [3]，监牧攻驹阅清峻。

遂令大奴 [4] 守天育，别养骥子 [5] 怜神俊。

当时四十万匹马，张公叹其材尽下。

故独写真传世人，见之座右久更新。

年多物化空形影，呜呼健步无由骋。

如今岂无騕褭与骅骝，时无王良 [6] 伯乐 [7] 死即休。

这首诗的题目，宋人作《天育骠图歌》。明人王嗣奭认为"题上缺一画字"。清施鸿保《读杜诗说》题作"天育骠骑图歌"。

此诗表明因画思真，以真为画，将真马、画马交互言之。"矫矫龙性合变化，卓立天骨森开张"，正是点出了画马的"神骏"。"卓立"句，成为全诗发兴的总枢纽。

杜写此诗时正在长安，与他的《画马赞》同年（754年，即天宝十三载）作。这个时期，唐代从"盛世"走向下坡。作者以无限悲感的调子作为全诗的结束。末了四句，前两句"悲既往"，写出"年多物化空形影，呜呼健步无由骋"。后二句"悲现在"，借马以喻世有真才，"伯乐不常有"，如无知遇，只好"死即休"。这是叹息，也是牢骚。

杜甫在长安十年，曾直接向皇帝投延恩匦，进《三大礼赋》《雕赋》，都没有起什么大作用，未能使他得到发挥"才能"的机会或相应的职位。"流水生涯尽，浮云世事空"。他悲骏马，亦即悲自己。他的意思，正如韩愈在《杂说》中慨叹的："曰：'天下无马。'呜呼！其真无马耶？其真不知马也！"历代诗文在托物兴辞时，往往是言近旨远，杜甫的这首咏画马诗，也具有这个特点。

早在唐以前，马便成了绘画的专题，而且产生了许多画马的专

[1] 天育骠骑歌，一本作"天育骠图歌"，骠下无骑字，应以此为宜。骠，黄马发白，如为缥，青白色。又说，跑得快的马称骠。

[2] 萧梢，风木摇动声，亦作萧萧，马嘶鸣为"萧萧马鸣"。

[3] 张景顺，张为宫中饲养御马的官员。张说《陇右监牧颂德碑序》中说：开元元年牧马二十四万匹，到了开元十三年，发展到四十三万匹，所以在这首诗中有句云，"当时四十万匹马"，是有所指的。

[4] 大奴，王毛仲，本高丽人，其父坐事，没官，毛仲隶于玄宗。

[5] 骥子，善马称骥，通称千里马。骥子，好马之后。

[6] 王良，春秋时人，善养马、御马。

[7] 伯乐，春秋秦穆公时人，名孙阳，又名伯乐，善相马。所以有云，"使骥不得伯乐，安得千里之足"。

神骏图
五代 佚名
绢本设色
辽宁省博物馆藏

门家。汉代的壁画、漆画和石刻画像，就有不少车马的作品，山东孝堂山的石刻群马，极生动之至。相传晋代史道硕画"八骏"，风神超越。还有王献之画《渥洼马图》、康昕画《奔马图》。南北朝时，画马者更多，谢稚还画《三马伯乐图》，富有一定的情节性。至隋代，如展子虔、董伯仁、杨契丹等，无不以擅画车马而闻名。唐代如李绪、曹霸、陈闳、韩幹、韦鉴、韦偃等，都以画马而享盛名。画论中，也有不少是专谈画马的。

画马赞

韩幹画马，毫端有神。

骅骝[1] 老大，腰褭[2] 清新。

鱼目瘦脑，龙文[3] 长身。

雪垂白肉，风毵兰筋。

逸态萧疏，高骧[4] 纵恣。

四蹄雷電，一日天地。

御者[5] 闲敏，去何难易。

愚夫乘骑，动必颠踬[6]。

瞻彼骏骨，实惟龙媒[7]。

[1] 骅骝，周穆王八骏之一，此指好马。

[2] 腰褭，或作褭裹。古骏马名。通称神马。

[3] 龙文，身上有鳞斑纹。

[4] 高骧，马疾首昂举为骧，此形容马的器宇高俊昂然。

[5] 御者，即御人，驾御车马的人。

[6] 颠踬，颠顿不顺利之谓。

[7] 龙媒，骏马称龙媒。《汉书·礼乐志》载："天马徕兮龙之媒。"

汉歌燕市，已矣茫哉。

但见驽骀，纷然往来。

良工惆怅，落笔雄才。

　　此赞系杜甫于天宝十三载（754）在长安时所写。与《奉先刘少府新画山水障歌》同年作。这一年，他除了写此赞外，还写了不少咏马的诗，如《骢马行》《沙苑行》等。当时朝廷牧马甚多，其数不下四十万匹。据说当时在朝的京官，食禄不足以维持十口之家的，也要养几匹马装装门面，有些官僚、殷富，养马成了癖嗜。每次胡商贩马到长安，他们闻讯，立即带"相马翁"亲往城郊选购，把好马当作"赏玩"的对象。故当时有"美姬骏足，豪门二娇"之说。

　　"赞"中提及的韩幹，长安人，少时家贫，曾为酒家作杂差，后得王维资助，才有了专心学画的条件。幹是人物画家，又是画马名手，初师曹霸。据说天宝间，唐玄宗叫他学陈闳画法，韩幹没有这样做，玄宗诘问他为什么，他回答道："臣自有师，陛下内厩之马，皆臣之师也。"（见《唐朝名画录》）这则故事，说明韩幹画马是有生活基础的。在这篇赞中，杜甫赞美"韩幹画马，毫端有神"，评价极高。但是杜甫在十年后所写的《丹青引》，却说"韩唯画肉不画骨，忍使骅骝气凋丧"。对韩幹的评价，前后有矛盾。其实这是对韩幹绘画的评论深入了一步，看出了韩在某方面的短处，作了补充。（详见《丹青引》散记中）韩幹作品，流传至今的有《照夜白》《牧马图》《猿马图》《洗马图》及《呈马图》等。

　　杜甫赞韩幹画马，影响很大。宋代苏东坡对此称颂不已，他在《韩幹马》中写道："少陵翰墨无形画，韩幹丹青不语诗。此画此诗今已矣，人间驽骥漫争驰。"就是说，杜甫诗中有画，韩幹画中有诗。诗为"无形画"，画为"不语诗"，成了后人论画论诗的口头禅。

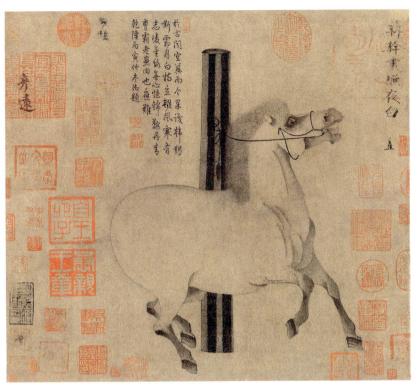

照夜白图（上）
唐　韩幹
纸本水墨
美国大都会艺术博物馆藏

牧马图（下）
唐　韩幹
绢本设色
台北故宫博物院藏

题壁上韦偃画马歌

韦侯别我有所适，知我怜君画无敌。

戏拈秃笔扫骅骝，欻见[1]骐𬴊出东壁。

一匹龁草[2]一匹嘶[3]，坐看千里当霜蹄。

时危安得真致此？与人同生亦同死。

　　乾元二年（759）腊月，杜甫到达成都。在一些朋友的帮助下，于第二年（上元元年，760）暮春，建成他的"草堂"。堂在"浣花溪水水西头"，即在"西嶺纡村北"的"万里桥西"，临近锦江。画家韦偃与杜甫有乡谊之情，给草堂壁上画马留念，主人感到高兴，便写下了这首诗。当我在浣花溪，徘徊于草堂故址时，不无感慨，使我吟出了一绝。小诗云："不见草堂在，韦侯双马亡。杜公知也未，千载存苍凉。"

　　韦偃画马很有名气。但是张彦远撰《历代名画记》评韦偃"善小马"。黄伯思在《东观余论》中却认为不是这样，他说："余谓杜子美咏偃秃笔扫骅骝，骐𬴊出东壁，即不特善小驹而已。"黄伯思又说："曹将军画马神胜形，韩丞画马形胜神，偃从容二人间。"这段评语，竟成了后人论韦偃画马的根据。

　　韦偃在杜甫草堂的东壁，画了两匹马，一匹正在吃草，一匹在嘶叫。由于主人"爱其神骏"，竟想以此同生死。诗记述画马之外，更感于身世，故而慨叹。历来的评注者，都以为"少陵（杜甫）咏马诗，皆自慨生平兼及时事。"如《高都护骢马行》《瘦马行》《房兵曹胡马》以及题曹霸画马等，确是以马喻人，借马抒怀。这首诗中的"时危安得真致此？与人同生亦同死"与"所向无空阔，真堪托死生"（《房兵曹胡马》）等，都从马想到了可共生死患难的朋友之交。正如沈德潜在《说诗晬语》中所说："其法全在不粘画上发论。"

　　韦偃作品，至今流传的尚有绢本设色《双骑图》，画人马各二，并鞭驰。据《石渠宝笈续编》称该图："上题唐贞观年韦偃画。"这个"贞观"年份显然是后添，且又写错了的。贞观是唐太宗李世民的年号，即627年至649年。韦偃为杜甫草堂作画是在760年，距贞观至少有一百一十多年。说明韦偃不可能在贞观时作画。又见杜甫《戏为双松图歌》中，说"毕宏已老韦偃少"，更可以证明韦偃绝

[1] 欻见，如见光亮一闪，犹言迅速，一见即逝。

[2] 龁草，即吃草。

[3] 嘶，马鸣为嘶，如鸡叫为啼。

非贞观时人。《双骑图》今在台湾。韦画被宋代李公麟临摹的有《牧放图》，今藏故宫博物院。画中牧人一百四十三个，马一千二百八十余匹，画为横幅，气势磅礴，牧人的行止，马群的聚散，作者无不在取势、布势、写势上下足功夫，所以读此画，仿佛听一支交响乐曲，不觉神往。

关于韦偃画马，苏轼也有诗赞许，并取杜诗之意而加以发挥。兹录之，以与杜诗相辉映。

临韦偃牧放图（局部）
北宋　李公麟
绢本设色
故宫博物院藏

将军系子书嗟韩
法盡寫送人吉主
价值子金驅攻驹
富牧佃当傳佁時
秦柏羹粉幸神
清重似見韋偃榜
惟盡南杜老噉獨
於值如等眼指薄
千駒者鹤铺張飲
株迴惟力乃强勸

韦偃牧马图

神工妙技帝所收，江都曹韩逝莫留。

人间画马惟韦侯，当年为谁扫骅骝。

至今霜蹄踏长楸，圉人困卧沙垄头。

沙苑茫茫蒺藜秋，风鬃雾鬣寒飕飕。

龙种尚与驽骀游，长楂短豆岂我羞。

八鸾六辔非马谋，古来西山与东丘。

　　苏轼在这首诗中，正如王嗣奭说的"不无作悲见马之叹"，并与杜诗具有同样的"沉郁"意味。在画史上，当评论到韦偃画马时，杜甫的这首题韦偃画马诗，和苏轼的这首题《韦偃牧马图》歌，无不作为姊妹篇来引用。

韦讽录事宅观曹将军[1]画马图

国初已来画鞍马，神妙独数江都王[2]。

将军得名三十载，人间又见真乘黄[3]。

曾貌先帝照夜白[4]，龙池[5]十日飞霹雳。

内府殷红马脑碗，婕妤[6]传诏才人索。

碗赐将军拜舞归，轻纨细绮相追飞。

贵戚权门得笔迹，始觉屏障生光辉。

昔日太宗拳毛䯄[7]，近时郭家狮子花[8]。

今之新图有二马，复令识者久叹嗟。

此皆骑战一敌万，缟素漠漠开风沙。

其余七匹亦殊绝，迥若寒空动烟雪。

霜蹄蹴踏长楸间，马官厮养森成列。

可怜九马争神骏，顾视清高气深稳。

借问苦心爱者谁，后有韦讽前支遁[9]。

忆昔巡幸新丰宫[10]，翠华[11]拂天来向东。

腾骧磊落三万匹，皆与此图筋骨同。

自从献宝朝河宗，无复射蛟江水中。

君不见金粟堆[12]前松柏里，龙媒[13]去尽鸟呼风！

[1] 曹将军，指曹霸，玄宗曾封他为右卫将军。

[2] 江都王，李绪，唐太宗侄，封江都王，画马有名。

[3] 乘黄，黄色之马，或是马名，此作骏马解。

[4] 照夜白，为唐玄宗的良马。

[5] 龙池，在长安唐宫南内。

[6] 婕妤、才人，唐内廷制度，宫中有婕妤九个，才人七个。

[7] 拳毛䯄，唐太宗的名马。

[8] 狮子花，郭子仪家的名马。

[9] 支遁，东晋时名僧。

[10] 新丰宫，在骊山下的华清宫。

[11] 翠华，指皇帝的旗帜，上有翠毛的装饰品。

[12] 金粟堆，在今之陕西渭南蒲城县，唐玄宗葬在那里，号泰陵。

[13] 龙媒，指好马，汉乐府有"天马来，龙之媒"句。

杜甫这首诗作于764年，与他的《丹青引》同年作。

诗的开头，杜甫就提出了江都王，意在说曹霸画马与江都王同具神妙。江都王李绪，是唐朝皇族，多才艺，善画蝉、雀、驴、马等。

杜甫在诗中，对这幅"九马图"作了详细的描述。先言二马，复言七马，然后综述九马。他说这些马"顾视清高气深稳"。"清高深稳"四字，借马喻士。《杜臆》中说："马有此四字，是谓国马，士有此四字，是为国士。"唐昭陵雕有六骏，系李世民（太宗）纪念他在建立政权的每次战争中所骑的爱马。当时即以"国马"视之。"六骏"即青雕、什伐赤、特勒骠、飒露紫、拳毛䯄、白蹄乌。

诗中还提到了当时京都养马的盛况。所谓"腾骧磊落三万匹"，只不过是一个虚数。在玄宗统治时期，京都长安养马多至四十三万匹。那个时候，除皇帝外，那些皇亲国戚如宁王宪、申王㧑、岐王范、薛王业，以及杨国忠等，都养了数以千计的骏马，朝廷并以此夸耀"国运隆盛"。苏轼在《申王画马图》中说："天宝诸王爱名马，千金争致华轩下。当时不独玉花骢，飞电流云绝潇洒。两坊岐薛宁与申，凭陵内厩多清新。"不但如此，皇帝还往往命画家来描绘御厩中的名驹。玄宗的爱马"照夜白"，不知被多少名画家描绘过。玄宗之兄宁王李宪，善画马，在宫内花萼楼下画"六马滚尘图"，博得"天子开颜笑"。当时的权贵们，见皇帝开了这个风气，都学起样来。凡家中养有好马，请不到第一流画家的，也得请次一流的画家来画。曹霸当日拜赐归来时，"贵戚权门"都"纨绮追飞"，急切地来求他作画。但大名家毕竟不多，所以能得到像曹霸那样的笔迹，便"觉屏障生辉"了。

唐代的好景不长，自天宝安、史乱后，各个方面都一蹶不振。养马数也从四十多万匹降至八万匹。至德二载（757），杜甫在肃宗朝任拾遗，这年闰八月奉墨敕许还鄜州省家，因为公私之马都收入军中，连少量的交通用马都没有了，结果弄得一个拾遗京官也只好"白头徒步归"。造成这种现象的原因，一方面是战乱，另一方面是统治阶级的高度掠夺与政治上的腐败。当时不但马少了，人口也大大减少。天宝十三载（754）人口为五千二百八十八万，至乾元三年（760），经过一场战乱，虽然首尾只有六年，全国人口只剩下

百马图（局部）
唐　佚名
绢本设色
故宫博物院藏

一千六百九十九万，竟减少十分之六、七。极一时之盛的"盛唐"，到了这个时候，每况愈下。"君不见金粟堆前松柏里，龙媒去尽鸟呼风！"所以杜甫也以玄宗李隆基之死，作为他悲时的分水岭。

丹青引

将军魏武[1]之子孙，于今为庶[2]为清门[3]。
英雄割据虽已矣，文采风流今尚存。
学书初学卫夫人[4]，但恨无过王右军[5]。
丹青不知老将至，富贵于我如浮云。
开元之中常引见，承恩数上南熏殿[6]。
凌烟[7]功臣少颜色，将军下笔开生面。
良相头上进贤冠[8]，猛将腰间大羽箭[9]。
褒公鄂公[10]毛发动，英姿飒爽犹酣战。
先帝御马玉花骢，画工如山貌不同。
是日牵来赤墀下，迥立阊阖生长风。
诏谓将军拂绢素，意匠惨淡经营中。
斯须九重[11]真龙出，一洗万古凡马空！
玉花却在御榻上，榻上庭前屹相向。
至尊[12]含笑催赐金，圉人[13]太仆[14]皆惆怅。
弟子韩幹早入室，亦能画马穷殊相。
幹惟画肉不画骨，忍使骅骝气凋丧。
将军画善盖有神，偶逢佳士亦写真。
即今漂泊干戈际，屡貌寻常行路人。
途穷反遭俗眼白[15]，世上未有如公贫。
但看古来盛名下，终日坎壈[16]缠其身。

[1] 魏武，曹丕登位，国号魏，追谥曹操为太祖武皇帝。

[2] 为庶，做平民百姓。

[3] 清门，贫寒人家。

[4] 卫夫人，晋李矩妻，卫恒侄女，名铄，字茂漪，工书法。

[5] 王右军，王羲之，官右军。

[6] 南熏殿，在长安南内兴庆宫中。

[7] 凌烟，即凌烟阁。指贞观十七年（643），唐太宗命图画长孙无忌、杜如晦、魏微等功臣二十四人于凌烟阁。

[8] 进贤冠，文官朝见皇帝时的一种礼冠。

[9] 大羽箭，相传唐太宗特制插有四排羽毛的大竿长箭。

[10] 褒公、鄂公，段志玄封褒国公，尉迟敬德封鄂国公。

[11] 九重，言深宫大院内。

[12] 至尊，指皇帝。

[13] 圉人，养马人。

[14] 太仆，掌管车马的官。

[15] 眼白，即白眼，对人不屑正视意。

[16] 坎壈，遭遇不佳，或指失意穷困。

《丹青引》是杜甫论画诗中的长歌，计二十韵。写画家曹霸一生的变化。诗的起句叙述了曹的身世。"将军魏武之子孙，于今为庶为清门。"这是交代曹霸是三国曹门旧族，结果成了社会下层的"庶人"。在封建社会里，贵族被贬为"庶人"是一种极大的打击。杜甫是晋代名将杜预的第十三代孙，其祖父杜审言，是膳部员外郎，也算是一个有"门第"的读书人。但在长安十年中，他向玄宗进《雕赋》，进《三大礼赋》，叙明身世，讲尽好话，仍然得不到"天子哀怜"。杜甫将心比心，对于一个"不得志"而遭厄劫的曹霸，便发出了无限同情的慨叹。写此诗的这一年（764），杜甫于春初往阆州，三月重返草堂，碰到了流落在成都的曹霸，自然更增加了他的感怀。

"学书初学卫夫人，但恨无过王右军。丹青不知老将至，富贵于我如浮云。"这是讲曹霸学书学艺的情况，意即"同能不如独胜，故舍学书而专精于画。"但诗人的立意，不只是这些，还在于写曹的"光荣"经历。所以笔一转，就转到了详尽地描写曹霸曾如何为皇帝效劳，而皇帝又如何看重曹霸。"开元之中常引见，承恩数上南熏殿。凌烟功臣少颜色，将军下笔开生面。良相头上进贤冠，猛将腰间大羽箭。褒公鄂公毛发动，英姿飒爽犹酣战。"贞观十七年（643）二月间，唐太宗李世民为了嘉奖效忠他的大臣，特地命画家阎立本在"凌烟阁"画了二十四个功臣像，到了开元初，时隔七十多年，由于画像褪了颜色，所以玄宗李隆基便叫曹霸去"开生面"。这里指的褒公段志玄、鄂公尉迟敬德，都属"凌烟功臣"。诗中的描述，表明曹霸"数上南熏殿"，是一个常被"天子引见"的显赫人物。这段笔墨，无疑为曹霸后来的漂泊生活作了伏笔。这首诗，表现出诗人是一个"善于知人解艺者"。

"先帝御马玉花骢"至"忍使骅骝气凋丧"句，写曹霸画马的本领。画马艺术，秦汉以来一直盛行。马当时是作为尚武精神来表现的，不但见于绘画，也见于刻石与泥塑。"斯须九重真龙出，一洗万古凡马空"，是对曹霸画马的极大赞赏。诗中，前面提到"画工如山貌不同"，下面却用"一洗万古"四字，突出了曹霸画马技艺超绝。诗中写的"玉花骢"，一在御榻上，一在"庭前"，点出画马、真马"屹相向"，这对赞美画马，做到虽不直言却言得更好。这种手法，与高适在《同鲜于洛阳于毕员外宅观画马歌》中所写的"主人娱宾画障开，只言骐骥西极来。半壁趁趍势不住，满堂风飘飒然度。家僮愕视欲先鞭，枥马惊嘶还屡顾……"极为相似，都是借用画外实景来衬托高明的艺术表现。所以王嗣奭在《杜臆》中说："公（杜甫）之笔又不减于曹之画矣。"

这首诗还涉及对韩幹绘画的评论。由于历代评论者对杜诗理解

五马图（局部）
北宋 李公麟
纸本设色
东京国立博物馆藏

不同，也就产生了不同的议论。

"弟子韩幹早入室，亦能画马穷殊相。幹惟画肉不画骨，忍使骅骝气凋丧"这一段描述，一是说曹霸画艺卓越，才能培养出像韩幹那样有名的"入室弟子"；二是说像韩幹那样的弟子，还不能"青出于蓝"，益见曹在艺术上的成就，绝非一般。"幹惟画肉不画骨"句，曾费了不少评画者的笔墨。唐人张彦远在《历代名画记》中指责杜甫，说"杜甫岂知画者，徒以幹马肥大，遂有画肉之诮"，并且引经据典，说明韩幹画马"古今独步"。唐人顾云在《苏君厅观韩幹马障歌》中也说："杜甫歌诗吟不足，可怜曹霸丹青曲。直言弟子韩幹马，画马无骨但有肉，今日披图见笔迹，始知甫也真凡目。"批评可谓尖刻。宋人黄山谷也说："曹霸弟子沙苑丞，喜作肥马人笑之。"但是，宋人张来提出另一种看法，以为当时皇家的马，饲养

得好，"磊落万龙无一瘦"，又由于"韩生丹青高天厩"，所以"幹宁忍不画骥骨"。苏轼在《书韩幹牧马图》中也说："先生曹霸弟子韩，厩马多肉尻脽圆。肉中画骨夸尤难，金羁玉勒绣罗鞍。鞭箠刻烙伤天全，不如此图近自然。"元人夏文彦撰《图绘宝鉴》，也说韩幹画马，不唯画肉，而是"得骨肉停匀法"。这都是替韩幹说好话的，近人中，又有人另具态度，既替韩幹说好话，又为杜甫作辩护，将这首诗作了另一番阐释。如《唐宋画家人名辞典》、画家丛书《韩幹、戴嵩》及《新注唐诗三百首》等，都把杜诗的"忍使"解作"岂忍使"或"怎肯使得"。意思是韩幹画肥马，那是不忍使骅骝瘦骨伶仃而乏生气。其实，这样一来，非但不能解决问题，反而把问题复杂化，以至把杜诗曲解了。

历史上尽善尽美的画家是没有的。杜甫为了突出曹霸，特以韩幹的短处作衬托，这是可以理解的。所以张彦远对杜甫的讽刺，顾云对杜甫的讥笑，近人对韩幹的护短，实在都不必。杜诗中的所谓"肉"，是指画马的形象特征；所谓"骨"，是指画马的内在气质。"幹惟画肉不画骨"，意即韩幹只画出了马的外形而气质表现不足，故在下一句，立即指出"忍使骅骝气凋丧"。实则历代评论韩幹作品，指出他画人画马在精神上表现不足的，并非杜甫一人。如黄伯思在《东观余论》中便说"韩丞画马形胜神"。又如郭若虚在《图画见闻志》中，说郭子仪女婿赵纵曾请周昉与韩幹画像，两人画得都很像，后来赵纵的妻子见了，却评论韩幹所画，"空得赵郎状貌"，说明韩幹只画出了对象的外形，没有像周昉那样画出了对象的"情性笑言之姿"。这与杜诗评韩幹的"画肉不画骨"，含义是相同的。

对韩幹的评论，杜甫写过《画马赞》，赞颂"韩幹画马，毫端有神"，评价极高。"赞"比此诗早写十年，即是说，早在十年前，杜甫对韩幹的画马已经很是赞许，这是从总的方面说的。十年后，他对韩幹画马提出了批评，这并不矛盾，而是反映出他对韩幹绘画的评论深入了一步。何况这种评论，杜甫并不是从总的方面来否定韩幹的画艺。

今观韩幹的《照夜白》与《牧马图》，画得生机勃勃。宋董逌在《广川画跋》中说他作画时，"必考时日、面、方位，然后定形、骨、毛色"，可见他对创作是非常认真严肃的。总之，这首诗通篇论曹霸，指出画之短，不过借以陪衬曹画的高妙而已。

曹霸，《唐书》无传，不过在绘画史上，他是第一流的画马大家。杜甫的这首诗，早已成为评论曹霸及其艺术的重要根据。

五、题画佛、道

冬日洛城北谒玄元皇帝庙

配极玄都闷[1]，凭虚禁御[2]长。

守桃严具礼，掌节镇非常。

碧瓦初寒外，金茎一气旁。

山河扶绣户，日月近雕梁。

仙李[3]盘根大，猗兰[4]奕叶光。

世家遗旧史，道德付今王。

画手看前辈，吴生[5]远擅场。

森罗[6]移地轴，妙绝动宫墙。

五圣联龙衮，千官列雁行。

冕旒[7]俱秀发，旌旂尽飞扬。

翠柏深留景，红梨迥得霜。

风筝吹玉柱，露井冻银床。

身退卑周室，经传拱汉皇。

谷神[8]如不死，养拙更何乡。

[1] 玄都闷，道教宫观。

[2] 禁御，禁止往来之地，或作繛。繛，《汉书·宣帝纪》有注云："折竹以绳绵连禁御，使人不得往来。律名为筑。"

[3] 仙李，《神仙传》中说老子一出生便能说话，曾指李树曰："以此为我姓。"老子姓李，名耳，亦称老聃。

[4] 猗兰，汉武帝刘彻生于猗兰殿。此诗以猗兰对仙李，亦汉武刘彻对玄宗李隆基。

[5] 吴生，指画家吴道子，注者曾撰《吴道子》一书，1981年由上海美术出版社出版。

[6] 森罗，整肃地罗列着。

[7] 冕旒，古天子、诸侯及卿大夫的礼冠。冕为冠。旒是以五彩缲绳，贯五彩玉，垂挂于冕延之前。

[8] 谷神，见《老子》："谷神不死，是谓玄牝。玄牝之门，是谓天地根。"王弼注曰："谷神，谷中央无谷也，无形无影，无逆无违，处卑不动，守静不衰，谷以之成而不见其形，此至物也。"何上公又注："谷养也，人能养神则不死。"

这是一首讽喻诗，讽谏唐玄宗狂热的崇道。

据《唐书·玄宗本纪》及《资治通鉴·唐纪》三十二卷载，天宝八载（749）的六月，玄宗于洛城北建立玄元皇帝庙，同时尊高祖为神尧大圣皇帝，太宗为文武大圣皇帝，高宗为天皇大圣皇帝，中宗为孝和大圣皇帝，睿宗为玄真大圣皇帝。这一年夏秋，宫廷画家吴道子奉命前去作画，把高祖等五个新封的大圣皇帝都画在壁画上，故称"五圣图"。杜甫诗中说"五圣联龙衮，千官列雁行"，这在玄元皇帝庙中是不伦不类的。但在唐朝，由于最高统治者的自作主张，类似这种情况层出不穷。如唐代的统治者是姓李的，为了巩固其统治，妄攀老子李聃为始祖。道教乘时附会，从唐初以来，逐渐取得了一定的社会地位，至玄宗时盛极。当时除京师外，要各州县都建老子庙，而且限期完工，致使"民间遭殃"，"民工不力者受戮"。皇室又下令，把书中"古今人表"中的老子，从三等提升到一等，号老子妻为先天太后，并塑孔子、玄宗像侍立于老子之侧，令人发笑。至于唐代后期的几个皇帝如宪宗、穆宗、武宗等，更是迷信道教，讲求长生，甚至饵食金石丹药，连老命都送掉。杜甫写这首诗时是三十八岁，这一年（天宝八载，749）冬天，他到洛阳，去城北参观了新建的玄元皇帝庙，感触甚多。他是一个书生，毫无官守言责，眼看这种弊政，蠹国害民，于是不顾安危，竟然逆玄宗之意，奋笔直书，写下了这首"近体诗"，可谓是一种大胆讽时的表现。

庙中壁画的作者吴道子，又名道玄，阳翟（今河南许昌禹州市）人，是我国杰出的画家。幼年贫穷孤苦，出身于民间画工。年轻时曾在逍遥公韦嗣立幕下任小吏，后在山东瑕丘（今属山东济宁兖州）任县尉，不久又跑到了繁华的东都洛阳。杜甫所记的这铺道观壁画，是吴道子于天宝八载秋天所作。吴的作品"脱落凡俗"，有他自己的风貌。他在京、洛的许多寺观里，作了不少动人的壁画。他的画名，广被京、洛人士所传播。相传他在兴善寺中门画内神时，"长安市肆老幼士庶竞至，观者如堵"。由于他画佛的圆光，"不用尺度"，"立笔挥扫，势若风旋"，因而使"观者喧呼"，"惊动坊邑"（见《宣和画谱》）。他的作品，当时卖价甚高，"屏风一片，值金二万"（见《历代名画记》），所以杜甫在这首诗中说"画手看前辈，吴生远擅场"。对此，《历代名画记》亦予以引录。

杜甫在诗中提到"冕旒俱秀发，旌旆尽飞扬"，这种描写，除了对吴画的赞赏外，还反映了吴画的风格特点。因为吴道子的绘画，向有"吴带当风"之称。段成式在《京洛寺塔记》中形容吴画仙女"天衣飞扬，满壁风动"。杜甫在这首诗中，用"妙绝动宫墙"来形容吴画的生动，可见吴画在这方面给人的感觉是非常强烈的。

吴画玄元皇帝庙的作品，影响较大，流传到宋代，洛阳人王瓘还经常去该庙观察揣摩，说那时壁上已积染了灰尘污渍，他会耐心地将它洗刷干净。由于他勤学吴道子的笔法，曾获得"小吴生"的称号。

吴道子作画的这座庙，据明代朱忭《东洛伊阙钩沉》跋语中说，

道子墨宝（局部）
南宋　佚名
纸本墨笔
克利夫兰艺术博物馆藏

至宋末被毁，"吴生画迹也因之乌有"。但是，南宋康与之（伯可）撰《记隐士画壁》，则言这铺壁画于"国初修老子庙"时被人"以车载壁，沉之洛河"。康的记载原文："毕少董（名良史，绍兴间进士。少游京师，买卖古器字画之属，出入贵人之门，当时谓之毕偿卖，又号毕骨董）言：国初修老子庙，庙有吴道子画壁，老杜所谓'冕旒俱秀发，旌旆尽飞扬'者也。官以其壁募人买，有隐士亦妙手也，以三百千得之。于是闭门不出者三年，乃以车载壁，沉之洛河。"据说此后这个隐士重画庙壁，胜于画工，所画辇中帝王，神宇骨相非凡，这当然得益于吴道子的画作。

送许八拾遗归江宁觐省

(甫昔时尝客游此县于许生处乞瓦棺寺[1]维摩图样[2]志诸篇末)

诏许[3]辞中禁，慈颜赴北堂。

圣朝新孝理，祖席[4]倍辉光。

内帛擎偏重，宫衣着更香。

淮阴清夜驿，京口渡江航。

春隔鸡人[5]昼，秋期燕子凉。

赐书夸父老，寿酒乐城隍。

看画曾饥渴，追踪恨淼茫。

虎头[6]金粟影[7]，神妙独难忘。

这是杜甫给同事的送行诗。写于乾元元年（758），当时他与许八同在李亨（肃宗）朝中任拾遗职。

诗的重点不在谈画，而只在最后两韵提到了顾恺之的《维摩图》。

杜甫年轻时漫游江南，在江宁停留过一些时日。那时，杜甫寻访的六朝王、谢豪门士族的旧家遗迹，已如烟云消失，唯独瓦棺寺里的顾恺之壁画，依然可观，所以说是"看画曾饥渴"，以致向许生乞睹顾画"维摩图样"。而今时隔二十多年，许八已去江宁，杜甫"追踪"起这件往事，不觉"恨""淼茫"。然而"虎头（顾恺之）金粟影（画的维摩诘像）"的"神妙"，却使他一生"难忘"。

顾恺之是东晋时的画家，字长康，小字虎头。他在瓦棺寺画维摩诘像这件事，《京师寺塔记》中有这么一段记载："兴宁中（364），瓦棺寺初置，僧众设会，请朝贤鸣刹注疏。其时士大夫莫有过十万者，既至长康（恺之），直打刹注百万。长康素贫，众以为大言，后寺众请勾疏。长康曰：'宜备一壁。'遂闭户往来一月余，所画维摩诘一躯。工毕，将欲点眸子，乃谓寺僧曰：'第一日观者请施十万，第二日可五万，第三日可任例责施。'及开户，光照一寺，施者填咽，俄而得百万钱。"这个故事，在唐人的著述中，多处提到。据张彦远《历代名画记》中记述，顾画维摩诘像，有"清羸示病之容，隐几忘言之状"。今见敦煌隋唐壁画中的维摩诘像，隐几执扇，大面长髯，似有顾画造型的几分特色。可见这种传统画法，流传广

[1]瓦棺寺，寺在江宁（今南京），东晋顾恺之曾在此寺画壁，轰动一时。

[2]维摩图样，指《维摩诘经变》的图画样本，古代民间画工多有这样范本。

[3]诏许，上告其下曰诏，此指皇上允许。

[4]祖席，即祖先或祖宗，为先世的通称。

[5]鸡人，官名，禁宫祭祀时掌司呼唱礼之职。

[6]虎头，顾恺之，字长康，小名虎头。

[7]金粟影，指瓦棺寺壁上维摩诘的画像。

女史箴图（唐摹本　局部）
晋　顾恺之
绢本设色
大英博物馆藏

远。诗中说的"难忘"，也说明了这一点。

顾恺之在江宁瓦棺寺画的维摩诘，通常皆谓"至唐寺废，顾画不存"。看杜甫诗知杜甫时还能见到。宋代苏子容题顾画维摩像中有一段话："杜紫薇牧之为池州刺史，过金陵，叹其将圮，募工拓写十余本以遗好事者。"（《苏魏公集》）杜牧之生于803年，迟于杜甫数十年。杜牧犹能在瓦棺寺"募工拓写"，则杜甫到了那里，自然更能

辨认。不过在杜牧"拓写"之后不久，据张彦远《历代名画记》载，这铺壁画就被移"置甘露寺中，后为卢尚书简辞所取"。到了大中七年（853），即杜牧死后的第二年，宣宗李忱访此画，卢简辞不敢私藏，便把它送进宫里。可知杜甫至金陵时向许生要的"图样"，当是杜牧拓写前的摹本。这些临摹之作，后来成为各地勒石的珍本。

大历三年春，白帝城放船出瞿塘峡，久居夔府[1]，将适江陵[2]，漂泊有诗凡四十韵

老向巴人里，今辞楚塞隅。

入舟翻不乐，解缆独长吁。

窄转深啼狖，虚随乱浴凫[3]。

石苔凌几杖，空翠扑肌肤。

叠壁排霜剑，奔泉溅水珠。

杳冥藤上下，浓淡树荣枯。

神女峰娟妙，昭君[4]宅有无。

曲留明怨惜，梦尽失欢娱。

摆阖盘涡沸，欹斜激浪输。

风雷缠地脉，冰雪曜天衢。

鹿角[5]真走险，狼头[6]如跋胡。

恶滩宁变色，高卧负微躯。

书史全倾挠，装囊半压濡。

生涯临臬兀[7]，死地脱斯须。

不有平川决，焉知众壑趋。

乾坤霾涨海，雨露洗春芜。

鸥鸟牵丝飏，骊龙濯锦纡。

落霞沉绿绮，残月坏金枢[8]。

泥笋苞初荻，沙茸出小蒲。

雁儿争水马，燕子逐樯乌。

绝岛容烟雾，环洲纳晓晡。

前闻辩陶牧，转盼拂宜都。

县郭南畿好，津亭北望孤。

劳心依憩息，朗咏划昭苏。

[1] 夔府，今重庆市奉节县。

[2] 江陵，今湖北荆州市江陵县。

[3] 虚随乱浴凫，乱，一本作落，即虚随落浴凫。

[4] 昭君，王嫱，又名王昭君。今湖北兴山县，香溪之北，有昭君村，相传是昭君生长之地。村连巫山。

[5] 鹿角，江滩名。

[6] 狼头，江滩名。其水峻激奔暴，说是"鱼鳖所不能游，行者常苦之"。

[7] 臬兀，不安之意，或作臲卼。

[8] 金枢，古时以月没落之处的西方为金枢。

意遣乐还笑，衰迷贤与愚。

飘萧将素发，汩没听洪炉。

丘壑曾忘返，文章敢自诬。

此生遭圣代，谁分哭穷途。

卧疾淹为客，蒙恩早厕儒。

廷争酬造化，朴直乞江湖。

滟滪[1]险相迫，沧浪深可逾。

浮名寻已已，懒计却区区。

喜近天皇寺[2]，先披古画图。

应经帝子渚[3]，同泣舜苍梧[4]。

朝士兼戎服，君王按湛卢[5]。

旄头初俶扰[6]，鹑首[7]丽泥涂。

甲卒身虽贵，书生道固殊。

出尘皆野鹤，历块匪辕驹[8]。

伊吕终难降，韩彭不易呼。

五云[9]高太甲[10]，六月旷抟扶。

回首黎元病，争权将帅诛。

山林托疲苶[11]，未必免崎岖。

[1] 滟滪，即滟滪堆，在奉节东南长江中，瞿塘峡口，水势湍急，激成漩涡，为舟行之患。今已炸除

[2] 天皇寺，在江陵，寺内有南梁张僧繇的画。详见本书正文

[3] 帝子渚，屈原《九歌》中有"帝子降兮北渚"，相传尧二女随舜不及，湮没于湘子之渚，后称湘夫人。

[4] 苍梧，古帝舜的葬地。

[5] 湛卢，剑名。名剑向有湛卢、纯钧、胜邪、鱼肠、巨阙之名。

[6] 俶扰，骚扰之意，言"扰乱天之纲纪"。

[7] 鹑首，星宿之名。

[8] 辕驹，亦作辕下驹。驹马形小，以之驾车，则着于辕下，而呈局促之状。

[9] 五云，五色之云，为祥瑞之兆。

[10] 太甲，书名。殷商时，太甲立，纵欲败腐，于是伊尹将他放逐到桐的地方。三年后太甲回来，悔过反善，伊尹仍授之以政，并作《太甲》三篇以记。

[11] 疲苶，言精神精力困顿不堪。

　　杜甫寄居夔州（今重庆市奉节县）时，虽然不愁衣食，但是不习惯于那里的环境和气候，身体时好时坏，加上朋友稀少，"知音难觅"，因此不想久居，同时，又接到弟弟杜观来信，更增强了他的出峡念头。过年正月中旬，他从白帝城放船，离开夔府，经过险要的三峡，来到了江陵。就在这次行程中，他写下了四十韵排律，对自己的一生挫折几乎都作了温习。

　　当他出峡时，不胜感慨，"入舟翻不乐，解缆独长吁"。他在舟中，对岸上的一山一石，一草一木，都有感触。行将巫峡，他慨叹道："杳冥藤上下，浓淡树荣枯。神女峰娟妙，昭君宅有无。曲留明怨惜，梦尽失欢娱。"他也知道，在当时的社会中，每个人都有其生活的矛盾，而且这些矛盾是难以解决的。当他过险滩时，形容"鹿角（滩名）真走险，狼头（滩名）如跋胡"。可是他有个观念，"恶滩宁变色，高卧负微躯"，这也是诗人处世的难能可贵处。然而在澎湃

的思潮中，他又说出了"浮名寻已已，懒计却区区"的话，对自己的一生看破了，感到即使隐居山林，不争虚荣，也"未必免崎岖"。果然，翌年的春夏之交，他便与世长辞了。

当然，这首长诗并非论画诗。他在回顾一生时，仍渴望到江陵的天皇寺去看"古画图"。江陵的天皇寺，相传有张僧繇的画和王羲之的笔迹。诗人在诗的自注中写道："此诗有晋右军书，张僧繇画孔子泊颜子十哲形象。"杜甫为什么有这样兴趣去看那些画迹？这不仅仅由于那里有名家的墨迹，还因为在这个时候，他认为"书生道固殊""儒生原非贱"，觉得儒家的"中庸"还是有几分道理的。他看"古画图"的目的，在于参拜孔子及颜回等先哲。

江陵天皇寺的"古画图"，向有记载。《太平广记》叙述得较详，说张僧繇在天皇寺柏堂里画了卢舍那佛像后，又画上孔子及颜回等十人像。当时梁武帝问张，佛寺之内为什么要画上孔子的像。张僧繇回答："后当赖此耳。"到了后周武帝灭佛时，"焚天下寺塔，独以此殿有宣尼（孔子）像，乃不令拆毁。"正应验了张的"后当赖此"的说法。同时也说明，佞佛的人也明白佛教压不倒儒教。自称儒生的杜甫，对于孔子的敬仰是完全可以理解的。

天皇寺"古画图"的作者张僧繇，江苏吴县人，天监时（502—518）为武陵王国侍郎、直秘阁知画事，历任右军将军，吴兴（湖州）太守。他作人物画外，能画走兽及鹰鹞，为我国六朝时的三大杰出画家之一。张的绘画，是一种"疏体"，唐代吴道子就受他的影响。这种"疏体"是"笔才一二，像已应焉"。相传他在建康（南京）一乘寺画"凹凸花"，"远望眼晕如凹凸，就视即平"，"众咸异之"。（这是我国画家善于吸取外来画法的一个例证。）一乘寺也因此被人们叫作"凹凸寺"。这位画家还有一个可贵之处，即一生精勤不懈。姚最在《续画品录》中记载他"俾昼作夜，未尝厌怠。惟公及私，手不停笔。但数纪之内，无须臾之闲"。正由于他的努力，才使所画"朝衣野服，今古不失，奇形异貌，殊方夷夏，实参其妙"，终成为画史上的杰出画家。

六、怀念画友

送郑十八虔贬台州司户伤其临老陷贼之故阙为面别情见于诗

郑公樗散 [1] 鬓成丝，酒后常称老画师 [2]。

万里伤心严谴 [3] 日，百年垂死中兴时。

苍惶已就长途往，邂逅 [4] 无端出饯迟。

便与先生应永诀，九重泉路尽交期。

郑虔是杜甫的知交。杜甫在《醉时歌》中提到了他在长安时与郑虔的一段交谊，诗中说："日籴太仓五升米，时赴郑老同襟期"，"得钱即相觅，沽酒不复疑，忘形到尔汝，痛饮真吾师。"当时（753，天宝十二载八月间）长安米贵，民怨沸腾，皇室被迫出太仓存米十万石，"减价"出籴，杜甫每日可籴得五升米。就在这样的日子里，杜甫只要有点闲钱，便与善饮的郑虔沽酒买醉，两人交情深笃，自非一般。

郑虔，字若齐，郑州荥阳人，天宝初为协律郎。他平日收集了当地的不少见闻，著书八十多篇，不幸被人告发，说他"私撰国史"，坐谪十年。后来回到京师，玄宗爱其才，授以广文馆博士 [5]。诸儒服他善著书，故号郑广文。

郑虔是一个书画家，尤长山水画，其风格是"山饶墨（趣），树枝老硬"。五代黄筌画山水，有时模仿其法。郑虔曾把所画的《沧州图》献给玄宗，玄宗非常赏识，给他的画题"郑虔三绝"四字，从此他画名大噪。郑虔一生清贫，为官时，贫约澹如，故有"才名四十年，坐客寒无毡"之誉。他在酒后自称"老画师"，这个"老"字，包含着一定的牢骚成分。王嗣奭在《杜臆》中说，这是郑虔的"自慨语"。在唐代，画师雕工虽尽力为统治者服务，仍不免受"达官贵人"的轻蔑。如画家阎立本，《唐书》记载，唐太宗李世民曾与侍臣学士泛舟于春苑，一池碧水，清波荡漾，珍禽戏嬉，侍臣写诗歌咏，命阎立本作画。当时阎立本官至主爵郎中，仍被"与斯役等"同传呼，"俯伏池侧，手挥丹素"，因此，被认为奇耻大辱，回家告诫他的儿子，"汝宜深戒，勿习此末伎"。其实，这种情况何止画师，

[1] 樗散，言郑十八之才不合世用。

[2] 常称老画师，常，带有牢骚之意。唐时轻画师，是故郑虔"常称"自己为"老画师"。

[3] 严谴，处罚过分。

[4] 邂逅，没有相约而会面，故云"邂逅相遇"。

[5] 关于郑虔为广文馆博士的时间，一般都据张彦远《历代名画记》所载，作"开元二十五年"。但据《新唐书·郑虔传》所述，虔任广文馆博士在天宝初年，是被"坐谪十年"后的事。又考唐玄宗时设广文馆，《旧唐书》与《新唐书》的"百官·职官"志中，都明白地记载："广文馆……天宝九载置……至德后废。"这与《唐书》中"郑虔传"所述时间相符，因此，疑《历代名画记》所载郑虔"开元二十五年为广文馆博士"的时间不确。

两千年前，司马迁就提到："文史星历，近乎卜祝之间，固主上所戏弄，倡优畜之，流俗之所轻也。"（《汉书·司马迁传》）杜甫在《能画》诗中也透露了这一点。

天宝末，安禄山造反，兵临长安，郑虔与王维等来不及逃避，被劫至洛阳，安禄山授以水部郎中。郑虔称病，并未尽职，但到了至德二载（757）十月，肃宗李亨惩办受安禄山委任的官员时，郑虔仍被定为三等罪，贬台州司户。台州即今浙江临海。郑虔病故，墓在浙江省临海市东三十里白石岙的金鸡山中。临海城内北固山南麓筑有"广文祠"，祠内原有塑像，今不存。北固山附近，还有一条巷取名"若齐巷"，这都是当地人民用来纪念郑虔的。

至德二载（757），当郑虔被贬谪离开长安时，杜甫刚回家，及其返京，虔已就道，故诗题云"阙为面别"。"仓皇已就长途往，邂逅无端出饯迟"。这首诗便是在这样的感慨心情中写出的。这件事，杜甫引为一生最大的遗憾。

杜甫与郑虔的交谊很深，写了不少诗歌怀念他，如《题郑十八著作虔》《故著作郎贬台州司户荥阳郑公虔》《哭台州郑司户、苏少监》《有怀台州郑十八司户》《新思》等。尤其在《题郑十八著作虔》中，由于怀友心切，字字见情，"乱后故人双别泪，春深逐客一浮萍。酒酣懒舞谁相拽，诗罢能吟不复听"，"穷巷悄然车马绝，案头干死读书萤"。一存一殁，殁者长已矣，存者长叹息。杜诗又曾说"天台隔三江，风浪无晨暮。郑公纵得归，老病不识路"，竟悲到把生离死别的话都说绝了。杜老明知"存亡不重见"，便又道："便与先生应永诀，九重泉路尽交期。"只好把"相见之欢"，寄托于"九重泉路"上。杜咏郑的诗，皆寄以朋友深情，不在于评画艺。这首律诗，当非论画之例，因为涉及画人，故且录之。

存殁口号二首

席谦 [1] 不见近弹棋，毕耀 [2] 仍传旧小诗。

玉局他年无限笑，白杨今日几人悲？

郑公 [3] 粉绘 [4] 随长夜 [5]，曹霸丹青 [6] 已白头。

天下何曾有山水，人间不解重骅骝。

[1] **席谦**，唐道士，苏州人，善棋。

[2] **毕耀**，唐长安人，他的白杨近体，被时人谱曲，街坊传唱一时。

[3] **郑公**，指郑十八虔。

[4] **粉绘**，粉彩之作，可泛指绘画。

[5] **长夜**，言人亡而埋于地下，为长夜之黑暗。

[6] **丹青**，指绘画，因作需要上色，有丹有青，是为相配。

这两首诗，是杜甫客居四川夔州时（766）作。诗中提到的人物，虽然有殁有存，但诗的基调是悲楚的。

写此诗时，杜甫的故交大多已死亡。王维、李白、房琯、严武以及他儿时即相来往的韦侍御、萧尊师等，都不在人世了。

诗中提到的席谦，是个道士，苏州人，善琴棋，杜在梓州时，曾与他在梓州刺史章彝那里会见过，并作诗唱和。毕耀是京兆人，善小诗，他的《白杨》近体，曾被时人谱曲，一度在剑南街坊传唱，此时也已死，所以叹其"今日几人悲"。

诗中的郑公，指画家郑虔，此时已病卒，所以诗中说"郑公粉绘随长夜"。"天下何曾有山水"，是赞美郑的画艺，意谓时人无有可及。据有关画史记载，盛唐初的山水画，有所创造，有所发展，史家称它为"变"格时期。如说山水画，至"大、小李一变也"。又说吴道子"始创山水之体"。当时还有王陀子，被称为"陀子头，道子脚"。王维的山水画，被认为"画中有诗"，都有名于画史，为画苑千年传颂。至于郑虔山水，被玄宗叹为"三绝"之一，及至肃宗后的一段时间，似未闻有谁超过他，故诗人叹为"何曾有"。至于曹霸，当时虽然还活着，但"已白头"，估计年已七十多岁。因为曹被降为"庶人"，遭人白眼，所以他的艺术，也不为人们所重，"人间不解重骅骝"，诗人通过对曹霸的慨叹而悲叹自己。

这两首诗所纪念的人，都游艺于一生，杜老吟来，对存者无限怜惜，对殁者不胜悲悼。闻一多先生对此有过评论，以为"这是书生寓有禅家对生老病死感慨的流露"。

七、其他

能画

能画毛延寿[1]，投壶郭舍人[2]。

每蒙天一笑，复似物皆春。

政化[3]平如水，皇恩断若神。

时时用抵戏[4]，亦未杂风尘。

这首诗作于大历二年（767），杜甫五十六岁。诗中虽然不直言绘画，但与绘画关系很大。诗中说"能画""投壶"是挟小技，无非"投人主之好"。

诗中提及的"能画毛延寿"，是西汉时的宫廷画家。葛洪《西京杂记》载其事，说"元帝（刘奭）后宫既多，不得常见，乃使画工图形，案图召幸之。诸宫人皆赂画工，多者十万，少者亦不减五万。独王嫱（昭君）不肯，遂不得见。匈奴入朝，求美人为阏氏，于是上案图，以昭君行。及去，召见，貌为后宫第一，善应对，举止闲雅。帝悔之，而名籍已定。帝重信于外国，故不复更人。乃穷案其事，画工皆弃市，籍其家，资皆巨万。画工有杜陵毛延寿，为人形，丑好老少，必得其真……同日弃市。"此事记载，虽然与史实不符，但在民间流传已久，并见于元曲中，影响很大。以画图作为"召幸"之用，不是封建统治者的主要意图，他们的企图，在于利用绘画，达到"成教化、助人伦"的目的，起到巩固政权、维护社会秩序的作用，即有益于"政化平如水"。然而历代的"能画"者，尤其是民间画工，都是"有用而不贵"，甚至被人轻蔑，为人作画，还遭受"沿门撅黑"之讥。如其所画，不"蒙天一笑"，不受人主喜悦，便不知有多少挟小技者在冷落待遇中尝到难以形容的辛酸滋味。早在汉代，司马迁就说过，凡挟技者，"世人用其艺而轻其人"。元之胡长孺读了杜甫《斗鸡》一诗后，也以为"斗鸡初赐锦，舞马既登床者，皆得于掖下小钱，可以喜，不以贵也"。杜老这首诗中的所谓"能画"，并非歌其"能"，而是评说这种"能"在当时社会上的作用与廉价的报酬。在当时，艺人的这种命运是被封建的社会制度所决定了的。

[1] 毛延寿，汉宫室画工。

[2] 郭舍人，不详其名。汉武帝时，郭舍人善投壶之技，以竹为矢，不用棘。相传每为武帝投壶，辄赐金帛。

[3] 政化，即政教，言政治与教化。

[4] 抵戏，即角抵，亦作角抵戏。古代校力之戏，汉代即有，唐代长安有角抵场，为杂技乐的一种。

附录一　李白、杜甫论画诗年表

			李　白	
公元	唐朝号	年龄	诗篇名	事　略
701	长安元年	1		生于碎叶。
712	先天元年	12		
720	开元八年	20	《观佽飞斩蛟龙图赞》	在成都。
730	开元十八年	30	《金银泥画西方净土变相赞》（并序）	春夏之交，经南阳赴长安，居终南山。
734	开元二十二年	34	《莹禅师房观山海图》《观元丹丘坐巫山屏风》《金乡薛少府厅画鹤赞》	经汝南、游龙门，寓洛阳。与元丹丘游嵩山。
737	开元二十五年	37	《观博平王志安少府山水粉图》《壁画苍鹰赞》	居东鲁。
741	开元二十九年	41		
743	天宝二年	43	《求崔山人百丈崖瀑布图》	在长安，数侍玄宗游宴。
744	天宝三载	44	《羽林范将军画赞》	春在长安，孟夏与杜甫相遇于洛阳。十月，与杜甫、高适同饮于李邕宅。
745	天宝四载	45	《同族弟金城尉叔卿烛照山水壁画歌》	春夏在任城，秋初至兖州，与杜甫相晤，秋末赴江东，取道邳州、扬州，再入越中，冬末北赴苏州。

杜 甫

公元	唐朝号	年龄	诗篇名	事 略
701	长安元年			
712	先天元年	1		生于巩县。
720	开元八年	9		
730	开元十八年	19		
734	开元二十二年	23		
737	开元二十五年	26		
741	开元二十九年	30	《画鹰》	归洛阳，筑陆浑山庄于偃师区西北首阳山下。
743	天宝二年	32		
744	天宝三载	33		夏、秋与李白于洛阳相遇。
745	天宝四载	34		秋与李白在兖州晤面。

李 白

公元	唐朝号	年龄	诗篇名	事　略
749	天宝八载	49		
751	天宝十载	51	《方城张少公厅画狮猛赞》	春返鲁省家，秋至南阳，旋赴梁园。
754	天宝十三载	54	《江宁杨利物画赞》	游广陵，赴金陵，泛舟于秦淮，复游黄山。
755	天宝十四载	55	《当涂赵炎少府粉图山水歌》《宣城吴录事画赞》	在宣城郡，旋赴浔阳，常往来于金陵宣城等地。
756	天宝十五载（至德元载）	56	《安吉崔少府翰画赞》	春往来于宣城、当涂、溧阳之间，三月遇张旭，秋在余杭，旋经金陵秋浦至浔阳，隐居庐山，冬下山，入永王军。
757	至德二载	57		
758	乾元元年	58		
759	乾元二年	59		与怀素相遇于零陵，诗美其书法。
760	乾元三年（上元元年）	60		

公元	唐朝号	年龄	诗篇名	事　略
749	天宝八载	38	《冬日洛城北谒玄元皇帝庙》	冬，自长安至洛阳。吴道子为宫廷画家，是年夏秋奉命作洛阳城北玄元皇帝庙壁画。杜甫观后作诗。
751	天宝十载	40		
754	天宝十三载	43	《天育骠骑歌》《画马赞》《奉先刘少府新画山水障歌》	在长安，与郑虔交往，因乏食，挈家往奉先安置。
755	天宝十四载	44		
756	天宝十五载（至德元载）	45		
757	至德二载	46	《送郑十八虔贬台州司户伤其临老陷贼之故阙为面别情见于诗》	隐居长安，旋潜投凤翔，为左拾遗。
758	乾元元年	47	《送许八拾遗归江宁觐省》《题李尊师松树障子歌》《画鹘行》	在左拾遗任内，与王维、严武、贾至、岑参同朝列，时相唱和。 六月，因房琯事，贬华州司功。
759	乾元二年	48		
760	乾元三年（上元元年）	49	《题壁上韦偃画马歌》《戏韦偃为双松图歌》《戏题王宰画山水图歌》	居成都，于浣花溪营建草堂。 韦偃为草堂壁上画马。

			李 白	
公元	唐朝号	年龄	诗篇名	事 略
761	上元二年	61	《志公画赞》 《金陵名僧颢公粉图慈亲赞》	曾游金陵，往来于宣城、溧阳二郡间。
762	宝应元年	62	《当涂李宰君画赞》	十一月卒于当涂，死前以诗稿付李阳冰。
764	广德二年			
766	大历元年			
767	大历二年			
768	大历三年			
770	大历五年			

杜　甫				
公元	唐朝号	年龄	诗篇名	事　略
761	上元二年	50		
762	宝应元年	51	《严公厅宴同咏蜀道画图》《姜楚公画角鹰歌》《观薛稷少保书画壁》《题玄武禅师屋壁》《通泉县署屋壁后薛少保画鹤》	在成都。七月严武入朝，送其至绵州，转赴梓州，游射洪，吊陈子昂故居，游通泉，访郭元振遗迹。
764	广德二年	53	《丹青引》《韦讽录事宅观曹将军画马图》《奉观严郑公厅事岷山沱江画图十韵》《观李固清司马弟山水图三首》	春携家至阆州，三月闻严武再任东西川节度使，复举家回成都。"授职检校工部员外郎，赐绯鱼袋"。
766	大历元年	55	《杨监又出画鹰十二扇》《夔州歌十绝句》（其八）《存殁口号二首》	春在云安，夏初迁居夔州。
767	大历二年	56	《能画》	在夔州。
768	大历三年	57	《大历三年春，白帝城放船出瞿塘峡，久居夔府，将适江陵，漂泊有诗凡四十韵》	正月中旬离夔州出峡。三月抵江陵，秋居公安，暮冬至岳阳。
770	大历五年	59		初夏卒。

附录二　李白、杜甫论画诗题名画家简介

汉代

毛延寿

毛延寿，杜陵（今陕西西安）人。永光、建昭（公元前55—36）宫廷尚方画工。张彦远《历代名画记》载："毛延寿画人，老少美恶皆得其真。陈敞、刘白、龚宽并工牛马，但人物不及延寿"。

晋代

顾恺之

顾恺之（约345—409），东晋时无锡人。字长康，小名虎头。

《晋书》有传，卷九十二载："顾恺之，字长康，晋陵无锡人也。父悦之，尚书左丞。恺之博学有才气，尝为《筝赋》，成，谓人曰：'吾赋之比嵇康琴，不赏者必以后出相遗，深识者亦当以高奇见贵。'桓温引为大司马参军，甚见亲昵。温薨后，恺之拜温墓，赋诗云：'山崩溟海竭，鱼鸟将何依？'或问之曰：'卿凭重桓公乃尔，哭状其可见乎？'答曰：'声如震雷破山，泪如倾河注海。'

恺之好谐谑，人多爱狎之。后为殷仲堪参军，亦深被眷接。仲堪在荆州，恺之尝因假还，仲堪特以布帆借之，至破冢，遭风大败，恺之与仲堪笺曰：'地名破冢，真破冢而出，行人安稳，布帆无恙'。还至荆州，人问以会稽山之状，恺之云：'千岩竞秀，万壑争流，草木蒙笼，若云兴霞蔚。'桓玄时与恺之同在仲堪坐，共作了语，恺之先曰：'火烧平原无遗燎。'玄曰：'白布缠根树旒旐。'仲堪曰：'投鱼深泉放飞鸟。'复做危语，玄曰：'矛头淅米剑头炊。'仲堪曰：'百岁老翁攀枯枝。'有一参军云：'盲人骑瞎马，临深池。'仲堪眇目，惊曰：'此太逼人。'因罢。恺之每食甘蔗，恒自尾至本，人或怪之，云：'渐入佳境。'

尤善丹青，图写特妙，谢安深重之，以为有苍生以来未之有也。恺之每画人成，或数年不点目精，人问其故，答曰：'四体妍蚩，本无阙少，于妙处传神写照，正在阿堵中。'……恺之每重嵇康四言诗，因为之图，恒云：'手挥五弦易，目送归鸿难。'每写起人形，妙绝于时，尝图裴楷像，颊上加三毛，观者觉神明殊胜。又为谢鲲像在

石岩里，云：‘此子宜置丘壑中。’欲图殷仲堪，仲堪有目病，固辞。恺之曰：‘明府正为眼耳，若明点瞳子，飞白拂上，使如轻云之蔽日，岂不美乎？’仲堪乃从之。恺之尝以一厨画，糊题其前寄桓玄，皆其深所珍惜者。玄乃发其厨后，窃取画面缄闭如旧以还之，绐云未开。恺之见封题如初，但失其画，直云：‘妙画通灵，变化而去，亦如人之登仙。’了无怪色。

恺之矜伐过实，少年因相称誉以为戏弄。又为吟咏，自谓得先贤风制。或请其作洛生咏，答曰：‘何至作老婢声。’义熙初，为散骑常侍，与谢瞻连省，夜于月下长咏，瞻每遥赞之，恺之弥自力忘倦。瞻将眠，令人代己，恺之不觉有异，遂申旦而止。尤信小术，以为求之必得。桓玄尝以一柳叶绐之曰：‘此蝉所翳叶也，取以自蔽，人不见己。’恺之喜，引叶自蔽，玄就溺焉，恺之信其不见己也，甚以珍之。

初，恺之在桓温府，常云：‘恺之体中，痴黠各半，合而论之，正得平耳。’故俗传恺之有三绝：才绝、画绝、痴绝。年六十二，卒于官，所著文集及《启蒙记》行于世。”

其他如唐张彦远《历代名画记》，无锡《金匮县志》以及唐许嵩《建康实录》等，皆载顾恺之事迹。杜甫至金陵时，还见到顾恺之画迹。

详可参看俞剑华、罗菽子、温肇桐编著的《顾恺之研究资料》及潘天寿撰写的画家丛书《顾恺之》。

隋代

杨契丹

杨契丹，里籍、生卒不详。唐张彦远《历代名画记》载其事。内云：“官至上仪同。僧悰（彦悰）云，六法备该，甚有骨气，山东体制，允属伊人。在阎立本下。李（嗣真）云，田、杨声侔董、展。昔田（僧亮）、杨与郑法士同于京师光明寺画小塔，郑图东壁、北壁，田图西壁、南壁，杨画外边四面，是称三绝。杨以箪蔽画处，郑窃观之，谓杨曰：卿画终不可学，何劳蔀蔽。杨特托以婚姻，有对门之好。又求杨画本，杨引郑至朝堂，指宫阙、衣冠、车马曰，此是吾画本也，由是郑深叹服。又宝刹寺一壁，佛涅槃变、维摩等，亦为妙作。与田同品。"

杨的作品，至唐代尚可见到的有《隋朝正会图》《幸洛阳图》《贵戚游宴图》及《豆卢宁像》等。

唐代

薛稷

薛稷（649—713），字嗣通，河东汾阴人。《唐书》《历代名画记》皆有传。

《历代名画记》载："（薛稷）道衡之曾孙。元超之从子。词学名家。轩冕继代。景龙末为谏议大夫，昭文馆学士。多才藻、工书画。薛稷外祖魏文贞公（徵），富有书画，多虞、褚手写表疏，稷锐意模学，穷年忘倦。睿宗在藩，特见引遇，拜黄门中书侍郎，礼、工二部尚书。先天元年（712），官至银青光禄大夫，太子少保，封晋国公。窦怀贞累之，年六十九。尤善花鸟、人物、杂画。画鹤知名，屏风六扇鹤样，自稷始也。"

姜皎

姜皎，秦州上邽人。《唐书》本传载其事略：长安中为尚衣奉御。玄宗在藩邸，皎识其有非常度，委心焉。及即位，自润州长史召授殿中少监，出入卧内，陪燕私……以功进殿中监，封楚国公，寻迁太常卿。开元五年（717），下诏放归田里，久之复为秘书监。《历代名画记》载其"善书鹰鸟"。

李绪

李绪，霍王李元轨之子，亦即太宗李世民侄。封江都王。

《历代名画记》载："（李绪）多才艺，善书画，鞍马擅名。垂拱中，官至金州刺史。"

《唐朝名画录》载："江都王善画雀、蝉、驴子，应制明皇《潞府十九瑞应图》，实造神极妙。"

吴道子

朱景玄《唐朝名画录》载："吴道玄，字道子，东京阳翟（今河南省禹州市）人也。少孤贫，天授之性，年未弱冠，穷丹青之妙。浪迹东洛，时明皇知其名，召入内供奉。开元中，驾幸东洛，吴生与裴旻将军、张旭长史相遇，各陈其能。时将军裴旻以金帛召致道子于东都天宫寺，为其所亲将施绘事，道子封还金帛，一无所受。谓旻曰：闻裴将军久矣，为舞剑一曲，足以当惠，观其壮气，可助挥毫。旻因墨缞，为道子舞剑。舞毕奋笔，俄顷而成，有若神助。""明皇天宝中，忽思蜀道嘉陵江水，遂假吴生驿驷，令往写貌。及回日，帝问其状，奏曰：臣无粉本，并记在心。后宣令于大同殿图之。嘉陵江三百余里山水，一日而毕。时有李思训将军，山水擅名，帝亦宣于大同殿，图累月方毕。明皇云：李思训数月之功，吴道子一日之迹，皆极其妙也。又画内殿五龙，其鳞甲飞动，每天欲雨即生烟雾。""凡画人物、佛像、神鬼、禽兽、山水、台殿、草木，皆冠绝于世，国朝第一。张怀瓘尝谓：道子乃张僧繇之后。则斯言当矣。""又按《两京耆旧传》云，寺观之中，图画墙壁凡三百余间，变相人物，奇踪异状，无有同者。上都唐兴寺御注金刚经院，妙迹为多，兼自题经文。慈恩寺塔前，文殊、普贤，西面庑卜降魔、盘龙等壁，赵景公寺地狱壁、帝释、梵王、龙神、永寿寺中三门两神及诸道观寺院，不可胜纪，皆妙绝一时。景玄每观吴生画，不以装背为妙，但施笔绝踪，皆磊落逸势。又数处图壁，只以墨踪为之，近代莫能加其彩绘。凡图圆光，皆不用尺度规画，一笔而成。景玄元和初应举，住龙兴寺，犹有尹老者，年八十余，尝云：吴生画兴善寺中门内神圆光时，长安市肆老幼士庶竞至，观者如堵。其圆光立笔挥扫，势若风旋，人皆谓之神助。又尝闻景云寺老僧，传云：吴生画此寺地狱变相，时京都屠沽渔罟之辈见之而惧罪改业者，往往有之，率皆修善。所画并为后代之人规式也。"

张彦远《历代名画记》载："吴道玄，阳翟人，好酒使气，每欲挥毫，必须酣饮。学书于张长史旭、贺监知章，学书不成，因工画。曾事逍遥公韦嗣立为小吏，因写蜀道山水，始创山水之体，自为一家。其书迹似薛少保（稷），亦甚便利。"

汤垕《画鉴》载："吴道玄笔法超妙，为百代画圣。早年行笔差细，中年行笔磊落，如莼菜条。人物有八面，生意活动。其传彩于焦墨痕中，略施微染，自然超出缣素，世谓之吴装。"

详可参看王伯敏撰写的画家丛书《吴道子》（重写本，1981 年，上海人民美术出版社出版）。

王维

王维（701—761），字摩诘。原籍祁（今山西），父迁居蒲州（今山西永济），遂为河东人。官至尚书右丞，世称王右丞。《唐书》《历代名画记》《唐朝名画录》《宣和画谱》皆有传。兹录其中两传如下：

《历代名画记》载："（王维）年十九，进士擢第。与弟缙，并以词学知名。官至尚书右丞。有高致，信佛理。蓝田南置别业。以水木琴书自娱。工画山水，体涉今古。人家所蓄，多是右丞指挥工人布色。原野簇成，远树过于朴拙，复务细巧，翻更失真。清源寺壁上画辋川，笔力雄壮。常自制诗曰：当世谬词客，前身应画师，不能舍余习，偶被时人知。诚哉是言也。余曾见破墨山水，笔迹劲爽。"

《唐朝名画录》载："（王维）画山水松石，踪似吴生，而风致标格特出。""画辋川图，山谷郁盘，云水飞动，意出尘外，怪生笔端。"

苏轼画跋："味摩诘之诗，诗中有画；观摩诘之画，画中有诗。"

郑虔

郑虔，字弱齐，郑州荥阳人。

《新唐书》卷二百零二有传，载：天宝中，广文馆博士虔，善图山水，尝自写其诗并画，以献玄宗。署其尾曰"郑虔三绝"。

张彦远《历代名画记》载："郑虔，高士也"，"与杜甫、李白为诗酒友。禄山授以伪水部员外郎。国家收复，贬台州司户。"

朱景玄《唐朝名画录》载："郑虔，号广文，能画鱼水、山石，时称奇妙，人所降叹！"

赵孟頫《题郑虔画》："郑虔献画于至尊，而复题诗于上，可见忘其贵。三绝之名，由是而起，乃知前代高人，未可以绳墨束羁也。此幅思致幽深，景物奇雅，阅之令人幡然意远。"（《松雪斋集》）

祁岳

祁岳，开元、天宝时人。里籍不详。岑参有《送祁乐归河东诗》。又杜甫《奉先刘少府新画山水障歌》中提到"岂但祁岳与郑虔"。此外，在画史中很难查到他的事迹。

刘单

刘单事迹，详本书杜甫《奉先刘少府新画山水障歌》一节的记述。

冯绍正

冯绍正，一作冯绍政，亦有书作"冯昭政"。《历代名画记》载其"开元中任少府监。八年（720）为户部侍郎。尤善鹰、鹘、鸡、雉，尽其形态。嘴、眼、脚、爪，毛彩俱妙。曾于禁中画五龙堂，亦称其善。有降云蓄雨之感"。

朱景玄《唐朝名画录》分唐代画家为神、妙、能、逸四品。冯绍正被列入"妙品下十人"中的第一名。

其他著录如《明皇杂录》《西阳杂俎》皆提及冯的画事。

李尊师

李尊师，东洛（开封）玄都观道士。名、籍失传。善画松。仅见杜甫《题李尊师松树障子歌》的记述。

崔巩

崔巩，四川人，字若思。天宝中居长安，与郑虔交往。善画松、马及山水。

崔巩事迹，不见一般著录，只见黄宾虹《古画微》增订手稿中引明代邹守益跋郭纯《苍松图卷》的记录。

王宰

王宰，四川人。善山水。张彦远《历代名画记》只说他"多画蜀山，玲珑窈窔，巉嵯巧峭"。朱景玄《唐朝名画录》记其事较详，内载："王宰家于西蜀，贞元中，韦令公以客礼待之。画山水树石，出于象外。""景玄曾于故席夔舍人厅，见一图障，（画）《临江双树》，一松一柏，古藤萦绕，上盘于空，下着于水，千枝万叶，交植曲屈，分布不杂，或枯或荣，或蔓或亚，或直或倚，叶叠千重，枝分四面，达士所珍，凡目难辨。又于兴善寺，见画四时屏风，若移造化，风候云物，八节四时，于一座之内，妙之至极也。故山水、松石，并可跻于妙上品。"

曹霸

曹霸，谯郡（今河南）人。唐代画马名手。张彦远《历代名画记》载："曹霸，魏曹髦之后。髦画称于后代。霸在开元中，已得名。

天宝末，每诏写御马及功臣，官至左武卫将军。"

赵孟頫评论："唐人善画马者甚众，而韩（幹）、曹（霸）为之最。"（《松雪斋集》）

曹霸作品，据《宣和画谱》载，北宋政宣时，宫廷尚收藏十四件，即"《逸骥图》二，《玉花骢图》一，《下槽马图》二，《内厩调马图》一，《老骥图》二，《九马图》三，《牧马图》一，《人马图》一，《羸马图》一"。到了清代，据《石渠宝笈》二编载，宫廷只收藏一件《羸马图》。

韩幹

韩幹，京兆蓝田（今陕西西安）人，一作大梁（今河南开封）人。

张彦远《历代名画记》载："王右丞维见其画，遂推奖之（相传韩少时为酒肆雇工，经王维资助，学画十余年而艺成）。官至太府寺丞。善写貌人物。尤工鞍马，初师曹霸，后自独擅。""时岐、薛、宁、申王厩中，皆有善马，幹并图之，遂为古今独步。"

朱景玄《唐朝名画录》载："开元后，四海清平，外国名马，重驿累至。然而沙碛之遥，蹄甲皆薄。明皇遂择其良者，与中国之骏同颁，尽写之。自后内厩有飞黄、照夜、浮云、五花之乘，奇毛异状，筋骨既圆，蹄甲皆厚，驾驭历险，若乘舆辇之安也。驰骤旋转，皆应韶濩之节。是以陈闳貌之于前，韩幹继之于后。写渥洼之状，若在水中，移骕骦之形出于图上。故韩幹居神品宜矣！"

韩幹作品，据《宣和画谱》著录，当时宫廷藏其画五十二件，包括《明皇观马图》《宁王调马图》《八骏图》《五陵游侠图》《呈马图》《骑从图》《李白封官图》《按鹰图》《三花御马图》《游骑图》《明皇射鹿图》等。

毕宏

毕宏，河南偃师人。天宝时任职御史。大历二年（767）为给事中，《唐朝名画录》说他"官至庶子"。画松石极佳，朱景玄评其"时称绝妙"，张彦远以为"树木改步变古，自宏始也"。又据张彦远云："画松石于左省厅壁，好事者皆诗（一本作"许"）之"。

《宣和画谱》记其所画，"落笔纵横，皆变易前法，不为拘滞也。故得生意为多。盖画家之流，尝有谚语，谓画松当如夜叉臂，鹳鹊喙，而深坳浅凸，又所以为石焉。而宏一切变通，意在笔前，非绳墨所能制。宏大历间，官至京兆少尹"。

韦偃

韦偃，《唐朝名画录》载："京兆人，寓居于蜀。以善画山水、竹树、人物等，思高格逸，居闲尝以越笔点簇鞍马人物，山水云烟，千变万态。或腾或倚，或龁或饮，或惊或止，或走或起，或翘或跂，其小者或头一点，或尾一抹，山以墨斡，水以手擦，曲尽其妙，宛然如真。""画高僧、松石、鞍马、人物可居妙上品，山水人物等居能品。"《历代名画记》载："鉴子偃（《宣和画谱》作韦偃父銮），工山水，高僧奇士，老松异石，笔力劲健，风格高举。善小马、牛羊、山原。俗人空知偃善马，不知松石更佳也。"据《宣和画谱》著录，韦偃作品，在政宣时，宫廷收藏了二十七件，如《牧放人马图》《三骥图》《牧放群驴图》《散马图》《沙牛图》《松石图》《早行图》《读碑图》等。

附录三 李白、杜甫论画诗专论文章书目

王伯敏，《李白的〈观伙飞斩蛟龙图赞〉》，《萌芽诗画刊》1952年3月第2期。

陈友琴，《漫谈杜甫的题画诗》，《光明日报》1961年7月2日。（1962年《杜甫研究文集》第四辑收录此文。）

章木，《杜甫的咏画诗》，《大公报·艺林》（香港），1962年7月22日。

陈声聪，《杜甫与画》，《新民晚报》，1963年3月4日。

于风，《从杜甫的题画诗谈艺术欣赏》，《广州美术学院美术学报》，1979年创刊号。

王伯敏，《读李白和杜甫的两首论画诗》，《南艺学报》，1979年第1期。

韩成武，《谈杜甫咏画题画诗》，《河北大学学报》，1980年第4期。

季寿荣，《杜甫题画诗选注》，《美术》，1980年第9期。

徐明寿，《杜甫的题画诗》，《光明日报》，1980年5月1日。

肖文苑，《杜甫论画》，《吉林大学社会科学学报》，1981年第1期。

王伯敏，《杜甫论画诗札记》，《大公报·艺林》（香港），1981年4月5日。

王振德、赵沛霖，《李白论画诗中的艺术见解》，《美术研究》，1981年第2期。

季寿荣，《从杜甫的题画诗看唐代几位画家的创作风貌》，《美术研究》，1981年第2期。

何国治，《咫尺应须论万里——介绍杜甫〈戏题王宰画山水图歌〉》，《学习与研究》，1981年第5期。

刘夜烽，《瑰丽多采 形神兼备——谈杜甫〈奉先刘少府新画山水障歌〉》，《唐诗鉴赏集》第21篇，1981年11月出版。

孔寿山，《杜甫的题画诗》，《朵云》，1982年第2集。

孔寿山，《盛唐的题画诗》，《朵云》，1987年第13集。

附录四　王伯敏相关手迹

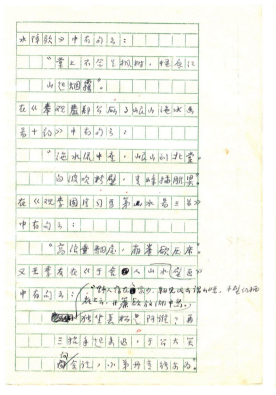

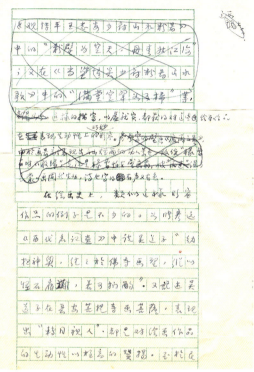

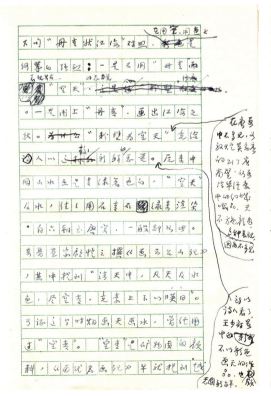

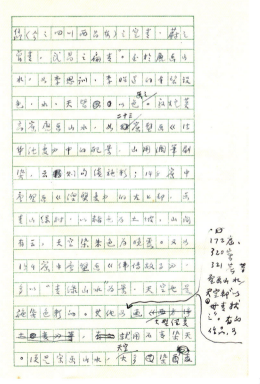

147

《李白、杜甫论画诗散记》手稿

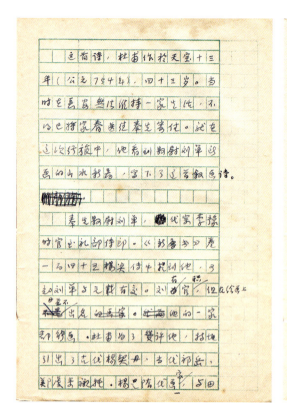
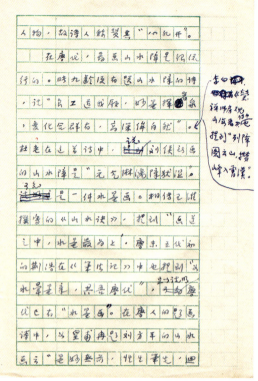
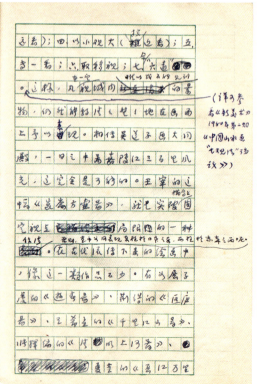
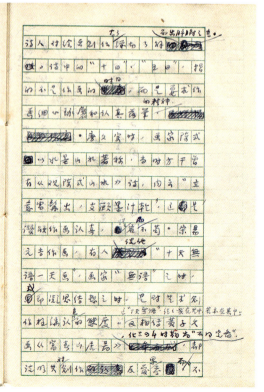

《李白、杜甫论画诗散记》手稿

杜甫诗意图
王伯敏
纸本设色

杜甫诗意图
王伯敏
纸本设色

李白诗意图（右）
王伯敏
纸本设色

杜甫诗意图
王伯敏
纸本设色

夕照海上洲 乙丑 柳村邻如写

后记

　　"诗画同源""诗是无形画，画是有形诗"，中国文学艺术历来主张"诗书画印"的融合呈现。此次浙江人民美术出版社推出的《唐画诗中看：李白、杜甫论画诗散记》便是一部论述"诗中有画，画中有诗"的学术专著。

　　《唐画诗中看》为王伯敏先生所著，1993年5月由台北东大图书股份有限公司印行，被收入罗青主编的"沧海美术艺术论丛"。记得1992年3月，我陪同父亲王伯敏先生访问台湾，进行文教交流。台北东大图书公司"沧海美术"丛书主编罗青先生闻讯，邀请父亲与我在台北品茗谈艺。席间，罗青先生介绍，以唐诗宋词、历代书画为代表的中华文化艺术在台湾倍受读者的尊崇，不过当下出版的书籍，通常以文学论诗歌，以艺术论书画，鲜少有将诗歌与书画融合在一起论述的图书。如果《李白杜甫论画诗散记》能在台湾出版，一定能受到台湾读者的喜爱和推崇。王伯敏先生则表示，传承和弘扬中华优秀传统文化是海峡两岸同胞的共同愿望，能借助台北东大图书公司的平台，将其撰著的《李白杜甫论画诗散记》重新编辑印制出版，推介给台湾读者，也正是撰写此书的初心和目的之一。罗青先生深表感谢，同时鉴于"沧海美术艺术论丛"的编辑体例以及台湾读者的阅读习惯，建议不妨将书名"李白杜甫论画诗散记"改为"唐画诗中看"，这样既可保留这本书的艺术品位和学术价值，也能吸引更多读者的眼球。就这样，一部有关"李白、杜甫论画诗"的专著就在商谈中敲定了，一年后（1993年5月）《唐画诗中看》正式出版并与广大读者见面。

　　当然，由台北东大图书公司出版的《唐画诗中看》（1993年版）并非只是杭州西泠印社出版的《李白杜甫论画诗散记》（1983年版）的繁体版，而应该说是后者的姐妹篇。《李白杜甫论画诗散记》只是东大版《唐画诗中看》卷一部分的初稿，后者增加了卷二、卷三两部分。东大版《唐画诗中看》卷一正文增添了论述十余则，李白诗一首，加注释二百多条；图版也有更改，其中二十余幅为彩图，特别是增加了王伯敏先生所作《杜甫诗意图》一幅、《李白诗意图》两幅；卷二是王伯敏先生平日的读画散论（其中四篇文章已收入浙江人民美术出版社 2024 年版《中国山水画的特点》一书）；卷三是王伯敏先生的百首论画诗，是其另一部分论画心得。

如今，浙江人民美术出版社又将出版《唐画诗中看》，同时也进行了重新编辑：一是将《唐画诗中看》和《李白杜甫论画诗散记》两本书的书名合二为一，更改为《唐画诗中看：李白、杜甫论画诗散记》；二是将原《唐画诗中看》卷一部分纳入了"湖山学丛"，并重新随文插配高清图版，校正色彩，让这本书变得更加精美，同时便于读者归类查找；三是根据文献善本对书稿中的引文、历史纪年及事件全部进行了校正，修改了原《唐画诗中看》《李白、杜甫论画诗散记》中的多处笔误；四是书中特别新增了几页王伯敏的李白、杜甫论画诗散记手稿，原始笔迹，弥足珍贵。

2024 年是王伯敏先生诞生 100 周年，重新出版《唐画诗中看：李白、杜甫论画诗散记》意义非凡。王伯敏（1924—2013）是浙江台州人，中国美术学院教授、美术学博士生导师，杰出的美术史论家、画家、诗人，20 世纪下半叶中国美术史学科的奠基人，曾编著《中国绘画通史》《中国美术通史》《柏闽诗选》等六十余种图书，且擅画山水、竹石，喜用松烟渍墨，尤擅用水，绘画作品风格独特。《唐画诗中看：李白、杜甫论画诗散记》的出版，也彰显了王伯敏先生在绘画、诗歌和美术史论上的造诣和贡献，为后人治学树立了典范。

借此，再次感谢父亲王伯敏先生的生前好友及社会各界人士的关心、支持和帮助。感谢浙江人民美术出版社的编辑出版和鼎力支持。

王小川

2024 年 11 月 14 日于杭州南山寓所

图书在版编目（CIP）数据

　　唐画诗中看 ：李白、杜甫论画诗散记 / 王伯敏著. --
杭州 ： 浙江人民美术出版社，2025. 3. -- ISBN 978-7
-5340-5074-9

　　Ⅰ . I207.227.42

　　中国国家版本馆 CIP 数据核字第 2025U6D167 号

责任编辑：谢沈佳
美术编辑：刘　金
责任校对：胡晔雯
责任印制：陈柏荣

唐画诗中看

李白、杜甫论画诗散记

王伯敏　著

出　版　人：管慧勇
出版发行：浙江人民美术出版社
　　　　　　（杭州市环城北路177号）
经　　　销：全国各地新华书店
制　　　版：杭州真凯文化艺术有限公司
印　　　刷：浙江海虹彩色印务有限公司
版　　　次：2025年3月第1版
印　　　次：2025年3月第1次印刷
开　　　本：787mm×1092mm　1/16
印　　　张：10.5
字　　　数：160千字
书　　　号：ISBN 978-7-5340-5074-9
定　　　价：98.00元
如发现印刷装订质量问题，影响阅读，请与出版社营销部联系调换。